넉넉한 자연,

쪼잔한
레인저

넉넉한 자연,

쪼잔한
레인저

김철수 지음

좋은땅

서문

외국의 한 기관을 방문했었습니다. 산악탐방에 관한 교육과 유사시 구조를 전문하는 곳이었는데 건물 모양새는 단순 심심했고 세월도 묻어났지만 정갈함이 첫인상이었습니다. 안내를 받으며 시설 곳곳을 둘러보던 중 아담한 책방에 들었고, 그네들 일에 관한 설명과 함께 빼곡한 책들을 눈으로 훑는 순간 초라한 감정이 일었습니다. 같은 레인저로서 업(業)을 향한 우리의 지식축적 태도와 형편은 가난한데 여긴 다르구나. 준비된 힘이 느껴졌지요.

일정을 마치고 돌아와, 자연공원 레인저로서 긴 세월 내가 해온 일의 의미는 무엇이었고, 그 일에 관한 교과서는 과연 있었던 것인지 그래서 일은 제대로 해 왔던 것인지, 새삼스레 되새김해 보았습니다. 그럭저럭 괜찮았지만 아쉬움도 진하게 일었습니다. 그래서 출장국 방문 때 그 책실에서 일었던 감정, 빈약함과 절박함을 다시 끄집어 용기를 덧대 다짐했습니다. 소소한 경험이지만 들춰 레인저들과 자연을 찾는 방문객들을 향해 말을 걸어 보기로.

한 문장, 한 단락 나아가기가 버겁습니다. 지난날 일 처리도 그냥저냥이었는데 요깟 글도 못 쓰는구나! 낮이고 밤이고 써 봐도 이튿날이나 여러 날 지나 읽으면, 엉뚱한 글들만 와글거려 황소가 끄는 쟁기로 묵밭을 사정없이 갈아엎듯 찢고 버리기 일쑤였습니다. 게다가 게을렀지요.

헛한 시간이 흐르며 애초 불쑥댔던 감정은 흐려졌고, 굳은 다짐은 형편없는 글력에 막혔습니다. 진척 없고 포기도 아닌 채 그렇게 지내다 누군가 자연공원의 본질과 그 속에서 진행되는 일의 사정을 외면하고 도시적 편견이나 서툰 외곬로 몰아붙이면, 답답함으로부터 벗어나고 싶었지요. 결국 글 엮기를 끝맺을 수 있었던 힘은 이따금 내 안에서 일렁거리는 그런 안타까움이었습니다.

돌이키면 적절한 낱말을 찾고, 고단히 정리한 문장을 식은 커피 버리듯 몽땅 지우고, 다시 글쓰기를 이으며 야생공원을 돌보는 레인저가 새겨야 할 인식의 틀 그리고 야생을 한껏 탐하는 탐객들이 갖추어야 할 태도가 어때야 하는지 홀로 여행을 떠돌며 생각하고 곱씹는 잔잔한 시간이었습니다.

이 책은 자연공원 속살에서 한 직장인이 겪은 힘겹고, 안타깝고, 유쾌했던 흔적을 담았습니다. 우리 모두에게 자연은 산소이고, 고향임을 되새기며 나름의 생각에 소박한 바람을 덧붙여 띄우는 편지입니다.

조그만 책 엮기를 마칠 수 있게 격려해 주신 분들과 아끼는 사진 자료를 흔쾌히 내주며 많은 도움을 준 동료들에게 깊이 감사드립니다. 나아가 자연, 지구별을 보전하기 위해 애쓰고 벗 삼는 생활실천인, 과학자, 등산객, 캠퍼, 법조인……. 이 시대 모든 레인저들을 존경하고 응원합니다.

잦은 주말 근무와 일이 바쁘다는 핑계로 지난날 일상을 온전히 함께 못 한 미안함을 이 책에 담아 가족에게 건넵니다.

야생의 속살에서, 2023

목차

1편 겪음

2편 ▶ 단상

1편

겪음

첫 만남

넉넉한 자연, 쪼잔한 레인저

일 차선 굽은 고속도로를 지루하게 달려 시외버스터미널에 내렸습니다. 말쑥한 대합실의 낡은 벽시계는 오후 다섯 시쯤, 엄동설한에 붙들린 십이월 말 시골 풍경은 산 그림자가 드리워진 채 눈 반, 얼음 반이었고, 코끝으로 느껴지는 음산한 공기는 시큰한 풋사과 맛이었습니다. 변변한 외투도 없이 난생처음 차려입은 정장이 어찌나 추웠는지요.

최종 목적지에 닿으려면 갈 길이 남았습니다. 세 평 남짓 넓이의 허름한 가게에 들어 차편을 여쭈니 버스가 방금 끊겼답니다. 초행길 조바심에 서둘러 택시를 탔습니다. 지긋지긋한 겨울로부터 줄행랑치듯 택시는 키 작은 건물들이 어깨를 맞대고 차갑게 움츠린 면 소재지 번화가를 이내 벗어나, 전나무가 독야청청 늘어선 눈밭길을 지나더니 거대한 벽같이 선 먹빛 산덩이 앞에 멈췄습니다. 한옥을 흉내 낸 콘크리트 단층 건물, 드디어 다 왔습니다.

입사 시험을 치르고 첫 근무지를 배치 받아 출근에 앞서 사무실로 인사를 갑니다. 촌으로 산으로 향하는 버스와 택시 안에서, 이런 곳에서 직장생활을 해야 하나 생각이 내내 흐렸었는데 막상 사무실에 들어서니 실내 형색은 터미널 앞 그 가겟방과 별반 차이 없고 철재 책상, 캐비닛들도 군데군데 깨지고 녹슬어 칙칙합니다.

철 지난 빈 밭과 산에 수시로 눈발이 날리듯 마땅한 교육도 없이 이어지는 일과는 순찰이었습니다. 선배들은 "순찰 간다." 했지만 실상은 산길을 오르내리며 사탕 껍질 같은 쓰레기를 줍는 거였고, 천지가 눈밭이어서 흰색 아닌 별것들만 대충 훑어 집어내는 단순한 일이었지요. 심각했던 건 그 일이 내키지 않는다는 것과 산행이 고되다는 뽀로통한 내 심상이었습니다.

고만고만한 날들은 얼음 속 기포마냥 혹한에 갇혀 꿈쩍하지 않고, 세상엔 세 가지만 존재하는 듯했습니다. 질리는 순찰, 지겨운 눈 그리고 하숙방 창 저 멀리 밤마다 초롱거리는 별들.

그런 일상만 이어지던 어느 저녁, 여느 때처럼 순찰을 마치고 사무실에 들어섰더니 선배 몇 분이 뒤뜰에서 고기를 굽고 있었습니다. 야릇한 미소를 지으며 말씀하시길 흔치 않은 파티랍니다. 어떻든 역대급 맛난 고기 그것도 소고기를 허겁지겁 먹었지요. 기이하고도 고마운 사실은 며칠 지나서 알게 됐습니다. 그날 먹은 고기가 주워 온 거였다는 걸. "엥, 돈이 아니고 소고기를 주워? 그것도 이 한겨울에?" 누군가 단속을 피해 깊은 계곡에서 제를 지내고, 산신령님 드시라 놓고 간 소대가리를 순찰 나갔던 선배가 예를 갖춰 거두어 온 거였습니다.

그렇게 낯선 내 세상엔 혹독한 겨울만 마냥 이어질 듯싶었는데 어느새 계곡 얼음장 밑으로 물이 흐르기 시작했고, 늠름한 전나무들의 호위를 받으며 먼내 다운타운으로 아득해지는 아스팔트길도 시커먼 본색을 드러냈습니다. 봄입니다.

도로 양 갈래 마른 도랑을 따라 특별한 순찰, 봄맞이 대청소를 합니다. 한 발짝 디딜 때마다 해묵은 풀줄기가 토독타닥 부러지며 먼지를 쏘아 댑니다. 그때 알았습니다. 하얀 눈이 녹으면 두툼한 먼지와 이런저런 부스러기들만 남는다는 것을. 갑자기 마음 한구석 불안합니다. 스쳐 지나는 많은 사람들 중 누군가 내 꼴을 알아채는 거 아닌가. 내일이라도 사직서를 꺼낼까. 뭐라 핑계하지. 사무실 한구석 비딱한 괘종시계의 추처럼 생각이 오락가락했습니다.

연초록 산색이 짙어진 5월 말, 한 통 전화를 받고 겨울에 지나왔던 그 고속도로를 거슬러 서울 본사로 떠났습니다. 레인저가 하는 일이 도대체 뭔지 한껏 의심만 품은 채 말이지요.

넉넉한 자연, 쪼잔한 레인저

새벽 미션

맞닥뜨리기에 앞서 새벽 혹한을 먼저 물리쳐야 하기에 옷을 몇 겹 껴입고, 배낭을 꾸린 후 군화 같은 예찰화 줄을 단단히 조여 맵니다. 복장과 각오가 가히 전장에 나가는 군인입니다. 상대는 언제 어디서 나타날지, 몇 명이나 되는지 정확히 아는 거라곤 아무것도 없습니다. 다만 오늘 새벽 시간대 여기 어디쯤 출현할 거라는 확신도, 불신도 단정할 수 없는 정보만 습득하고 태세 할 뿐입니다. 단단히 채비를 마치고 짐작 가는 장소로 이동해 기다림의 시간을 차 안에서 무작정 시작합니다. 부딪쳐 맞선다면 한판 실랑이 벌어지고, 입씨름 공방이 치열해진다면 일대 새벽 고요는 풍비박산 날 겁니다.

오늘 정보는 어쩌면 레인저들을 혼란에 빠트리기 위한 저쪽의 성동격서, 치밀한 꾀일 수 있고 명백한 모의라 하더라도 우리 쪽 대응상황이 사전에 혹 누설됐다면 잠복은 헛수고로 끝나는 반면, 애증의 그분들은 산속 구석구석 누비며 금지된 하루를 통쾌하게 보낼 겁니다. 시리고 불편한 매복이 그렇게 한 시간쯤 지났을 무렵, 짙은 어둠을 가르며 대형버스 두 대가 탱크 같은 몸체를 서서히 드러냈습니다. 이 정도면 1개 중대급 인원, 어림잡아

10대 1 열세입니다. 하지만 정보와 짐작이 들어맞아 엄습한 긴장감에 짜릿했고, 이쪽 움직임도 새지 않아 전우들이 믿음직스러웠습니다.

완전군장을 한 특수대원 차림의 산객들이 저마다 한 줄 강한 빛을 이마에서 쏴대며 하차했습니다. 이때입니다. "안녕하십니까. 국립공원 직원들입니다. 어느 분이 인솔하시나요?", "전데요.", "여긴 탐방로 아닌 데다 이 시간엔 야생 보호와 선생님들 안전상 출입 안 되는 거 잘 아시면서 이렇게 모집산행하시면 어떡합니까."

이 새벽, 무슨 영문인지 몰라 당황해하는 산객들과 전후 사정에 빠삭한 인솔자가 긴급 대책을 논하는 작전타임이 십여 분쯤 지나자 상황이 예사롭지 않다. 결론 낸 듯 허탈해하는 분, 잠에서 여전히 덜 깬 분, "다들 다니는데 왜 우리만 잡고 난리야." 성내시는 분들, 모두가 김빠진 몸짓과 푸념으로 다시 버스에 오릅니다. 퇴각을 가장해 또 다시 후미진 곳의 월경을 시도할까 의심돼 가는 듯 서는 듯 해대는 버스 꽁무니를 껌딱지마냥 동틀 무렵까지 쫓고서야 그날 새벽 미션은 성공적으로 끝이 났습니다. 산속 순진한 생명들도 덕분에 느닷없는 주거 침입을 면했지요.

그런데 이 미션, 참담한 패배입니다. 산중 불 피운 흔적, 적잖게 버려진 담배꽁초 그리고 무엇보다 인터넷 블로그와 1인 방송에 넘쳐나는 성공인증 영상과 사진이 "만세! 우린 그곳을 이미 한껏 즐겼다." 레인저들의 고단한 새벽 미션을 조롱하니까요.

창

　해를 넘겨 건축을 마친 새 청사로 출근하는 첫날입니다. 말끔해진 사옥만큼 기분 좋습니다. 앞뜰엔 생강나무, 참나무, 살구나무, 산풀꽃들이 싱싱하고 뒤쪽은 봉긋한 산인데 늘씬한 미인송들이 촘촘히 섰습니다. 앞뜰과 뒷산 어디쯤에서 새소리 피어나고, 초록초록 빛깔과 싱싱한 숲 내음이 기막히게 상쾌합니다. 별천지입니다. 주차장에서 청사 출입문 쪽으로 난 나무계단을 사뿐 올라 실내로 들어서니 천장, 책상과 의자, 바닥……. 눈에 들어오는 모든 게 산뜻합니다. 특히, 의자에 앉은 채 밖을 훤히 볼 수 있게 알맞은 높이로 난 넓은 창문이 최고입니다. 낙원의 창가에 앉으면 그 어떤 까다로운 일과 민원도 쉽게 풀어내고, 어이없고 억울한 뉴스로 인한 속 끓임도 훌훌 털어 낼 수 있을 것 같습니다.

　말쑥한 청사 분위기에 취해 하루하루 즐겁게 보내던 어느 아침, 평소 출근처럼 계단을 오르는데 털빛 고운 새 한 마리가 죽은 듯 누웠습니다. 다가갈수록 위협을 느끼는지 푸드득 푸드득 날갯짓 해댔지만, 제자리서 맴돌 뿐 비상하지 못했습니다. 어찌할 바 없어 살포시 집어 '살아라~' 회복을 주문하곤 숲에 놓아주었지요. 그런데 며칠 후 또 한 마리, 어느 날엔 한꺼번에 두 마리, 같은 딱함이 벌어집니다. 제비같이 단정한 옷차림의 노랑턱멧새는 도움을 주려 손을 뻗어도 꿈쩍 못했고, 색깔 곱고 젠틀한 딱새는 어지러운 듯 이따금 머리를 흔들고 눈만 깜박댈 뿐 모두 날지 못했습니다.

이거 뭐지? 창, 유리가 문제였습니다. 내게는 넓고 시원하기 그지없는 멋진 창인데 새들에게는 죽음의 덫이었던 거지요. 녀석들은 데이트, 취업면접 시각에 늦지 않기 위해 꽃단장, 옷차림 마치고 잽싸게 날던 중 그만 투명한 유리그물을 감각 못해 들이받고 추락한 거였지요. 녀석들의 그 두근거림과 초조함을 익히 겪어 봤기에 어떻게든 대책을 마련해 주고 싶었습니다. 그래 겁을 줘 미리 쫓자. 새 잡는 새 황조롱이가 사냥감을 노리는 태세의 스티커를 유리에 붙이는 속임수를 썼습니다. 한동안 계단에 눕거나 뒹구는 멋쟁이들이 눈에 띄지 않아 기특한 공포가 통하는구나! 난제를 해결한 기분으로 야릇한 미소가 일었지만 실패가 드러나기까진 한 달이 채 걸리지 않았습니다.

애처로운 광경이 그동안 뜸했던 건 신통한 방법으로 숙제를 완벽히 해결했던 게 아니라, 짐작건대 새들에게 설레는 약속이나 긴장되는 일정이 없었을 뿐이었지요. 그리 오래지 않아 충돌은 허망하게 이따금 다시 이어졌고, 바닥에 누운 예쁜 녀석들을 바라보는 내 연민도 여전했지만 충돌을 막기 위한 묘수를 찾으려는 내 심상은 사람들을 향한 이런저런 일에 쏠리며 무뎌졌습니다.

무사안일

폭발 직전 몸짓과 낯빛으로 한 분이 사무실에 들어왔습니다. 건물 밖 자신이 세워 둔 차 쪽을 손가락질하며 저 지경 됐으니 다짜고짜 세차비 내놓으라는 겁니다. 순간, 불안에 휩싸여 뭐 크게 잘못한 일이라도 있었나?! 공원 안에서 벌어질 법한 이런저런 형편들을 잽싸게 떠올리며 차량의 상태를 둘러보니 외양은 한 마리 노린재가 앉다 미끄러질 정도로 쌈박한데, 바퀴 언저리가 초콜릿 빠는 아가 입가마냥 온통 흙투성이입니다. 주차비, 입장료는 꼬박꼬박 챙기면서 공원도로 관리를 하나도 안 한 한심한 태도를 꼬집고 "니들, 니들의 무사안일을 알렸다!" 추궁하며 사과와 변상을 요구하는 거였습니다. 당황스런 만큼 벗어나고 싶은 시간, 피할 곳 없는 사각의 링만 한 공간, 후배 녀석의 시선이 슬쩍 내 쪽으로 날아옵니다. 손길 한 번 가지 않는 찻잔을 사이에 두고 긴 대면을 하는 동안 사정~고성~훈계~사정을 반복하며 험악한 상황은 어느 정도 가라앉았고, 그분은 떫은 표정이 가시지 않은 채 쌀쌀히 사무실을 나갔습니다.

우리보다 못사는 나라들도 이름난 산에 엘리베이터, 에스컬레이터 어마무시 좍좍 올리고 아스팔트 까는 것쯤 일도 아닌데 여긴 아직도 비포장, 정말 제대로 일하는 거 맞습니까?

네, 이십 리 길이 흙길입니다. 여름날 소나기 내리면 군데군데 노면이 파여 고만고만한 물웅덩이들이 생겨나고, 마른 날엔 들고나는 차 속도만큼 보릿가루빛 흙먼지가 피어오릅니다. 게다가 눈발 퍼붓는 겨울날엔 치우는 수고를 밤새 다해도 잔설이 얼었다 녹았다 낮엔 죽탕길, 밤엔 빙판길로 변하지요. 너나없이 불편하고 때로 짜증나는 길이지만 우리와 같이 또 따로 살아가야 할 동반자, 야생에겐 그런 만큼 안전하고 순한 길입니다.

그러니 우리가 맡은 일을 제대로 처리하고 있는지는 녀석들의 이야기도 들어봐야 공평할 것이고, 거짓부렁 같은 답변에 참스런 힘도 실릴 텐데 녀석들은 눈밭에 덩그러니 발자국만 남긴 채 군중 같은 숲속으로 숨거나, 저만치 물끄러미 섰다 사라지며 이따금 자신의 존재를 신기루처럼 드러낼 뿐 한시도 거들지 않습니다. 영혼까지 털리는 분통을 겪고 진땀을 빼느니 얼른 나랏돈 받아 포장하는 게 내 속 편하고, 쓴소리보다 잘했다 소리도 많이 들을 텐데 비겁하고 얄미운 그까짓 야생을 편드느라 긴 나날 무사안일로 비춰지는 내 꼴이 가끔은 딱하고 서글픕니다.

길 아닌 길

병문안을 갔습니다. 사투가 끝난 지 벌써 2주나 지났건만 심한 얼굴 동상으로 두 눈이 가려진 채 선배 한 분이 병상에 누웠습니다. 사고가 터진 날은 돌풍으로 상가 간판들이 바람골 눈발흩날리듯 시가지 여기저기 날렸고, 칠흑에 묻힌 설산은 칼바람이 휘달려 체감온도 영하 40도 안팎, 그야말로 극지였습니다. 어둠이 내린 시각 "공룡능선 간다며 새벽에 혼자 나갔는데 아직도 연락이 안 돼요. 어떡해요!" 다급한 전화 한 통 걸려 왔고, 이미 퇴근한 레인저들은 각자 저녁상을 물리고 서둘러 구조대를 꾸려 길을 나섰습니다.

무릎을 잡아채는 깊고 끈덕진 눈덩이를 밀치고 칼바람을 온몸으로 받아 내며 마등령을 기듯 올랐습니다. 방한 장비를 갖춘 구조대원들에게도 버거운 몇 시간이 흐른 뒤, 추위와 공포에 질려 혼이 빠진 조난자를 찾아내 함께 하산을 시도했지만 결국 그는, 생으로 가는 극한의 몇 시간을 버텨 내지 못하고 그만 생을 놓고 말았습니다.

보온병에 남은 물마저 이미 얼어 버렸고, 구조대원들은 이제 스스로를 구조해야만 했습니다. "난 틀렸어, 너희나 가." 생존이 죽음보다 고통스러워 널브러지는 동료의 뺨을 욕설과 함께 후려칩니다. "야 이 새끼야! 정신 차려! 정신!" 떼죽음을 앞둔 순간, 멀리서 한 줄 흐린 빛이 꿈인 양 다가왔습니다. 능선 넘어 암자에 머무시는 늙은 스님의 손전등 빛이었지요. 구조에 실패한 레인저들은 그날 밤, 사지 문턱에서 그렇게 돌아왔습니다.

일이 벌어진 지 보름쯤 된 날, 이번엔 죽음의 계곡에서 또 터졌습니다. 히말라야 등정을 앞둔 대학생들이 빙벽등반 중 눈사태에 변을 당했습니다. 두 다리가 휘청거리는 순간순간이 지나 어디쯤부터는 이따금 꺾이고, 버거운 숨에 심장이 터질 듯합니다. 이럴 땐 독주가 마취제란 걸 이미 여러 번 겪었기에 잠시 숨을 고르는 사이 한 모금 벌컥 넘기곤, 생라면을 우적거리며 가던 길을 재촉합니다.

가쁜 발걸음을 그렇게 서둘 때, 저만치 천당폭포 쪽에서 한 무리 사람들이 시야에 들어왔습니다. 화를 당한 학생들이 얼음조각과 돌덩이가 뒤섞인 눈더미를 스스로 헤쳐 나와 눈길을 서럽게 내려오고 있었던 겁니다. 들것에 실린 학생 말고는 모두 괜찮아 보여 다행이었지요. 이번엔 운이 따르는 듯했습니다.

다급함에 헬리콥터를 요청해 보지만 역시나 무심한 날씨가 허락하지 않습니다. 이제 올라온 거리만큼 돌아 내려가야 합니다. 들것 앞에서 길을 더듬는 한 명, 들것 좌우로 네 명씩 여덟 명, 그리고 비탈에 쏠려 균형을 잃고 전체가 무너지려는 순간 뒤에서 줄을 당기는 또 한 명, 그렇게 열 명이 한 평 안 되는 들것에 붙어 생과 사의 갈림길, 길 아닌 길을 달리듯 내려갑니다. 한 몸이 돼 바위를 넘고, 너덜을 건너고, 얼굴을 후려치는 나뭇가지를 헤치며 후송했습니다.

구급이 그렇게 마무리되고 한 달쯤 지나 일상을 보낼 때였습니다. 한 월간지를 무심으로 넘기는데 그날, 그 친구에 관한 소식이 실려 있었습니다. 서울 큰 병원에서도 부상을 회복 못 해 끝내 세상을 등졌다는 허무였지요. 순간 가슴이었는지, 머리였는지 속삭였습니다. 히말라야 빙벽등반은 꼭 안전하게 다녀오시라!

　험하고 먼 길에 다리에 쥐가 나고 바위에 부딪쳐 피부가 벗겨져도 아픔은 한순간, 위급이라는 긴박함에 통증은 마비되고 시간이 지나면서 아무 일 없었듯 아뭅니다. 그런데 말끔히 아물지 않는 게 머릿속에서 이따금 불쑥댑니다. 빙벽등반같이 참혹이 도사리는 극한탐방을 더는 용납하지 않는 게 옳은 건지, 아니면 청년들의 호연지기를 응원하고 무사를 기원하며 이어가는 게 맞는 건지, 여전히 풀지 못했으니까요. 주저하는 동안 계절은 돌아 혹한과 지독한 바람이 산에 존재하는 모든 것들을 짓눌렀고, 학생들은 해맑게 웃고 재잘거리며 다시 나타났습니다.

노루귀, 4월

당번 날

완전한 나의 날, 일요일 아침에 지옥철을 또 탑니다. 평일과 똑같은 시간대, 같은 동선으로 출근하지만 오늘만큼은 오롯이 나와 몇몇을 위한 기사 딸린 초대형 전기차, 앉아 갑니다. 자리도 내 맘대로 골라서 말이지요. 한 달에 한두 번꼴로 돌아오는 하루, 당번을 서로 가는 날입니다. 전화기 소리만 간혹 울려대는 넓고 텅 빈 공간에서 종일 혼자 보내야 합니다. 본사 당직자가 해야 할 일은 별반 없습니다. 전국에 산재하는 국립공원사무소가 연중무휴인 데다 탐방객들이 많이 찾는 휴일엔 오히려 집중적으로 근무하는 게 우리 조직의 빼도통한 업무패턴이자 독특한 매력이니까요.

번을 서는 날엔 무엇보다 점심이 영 그렇습니다. 사무실 주변 대부분 식당들이 문을 닫아 어쩔 수 없이 편의점서 이것저것 몇 봉지 사 때우지만, 제아무리 색다른 걸 집어 들어도 속만 달뿐 입맛이 안 납니다. 그런데 몇 달 전부터는 특별한 즐거움이 생겨 점심시간이 기다려지고, 모처럼 신명나는 일정을 구상만 하면 숙명처럼 겹치는 당번 날마저 성가시지 않습니다. 거짓말 같지만 집에서 싸 준 도시락 까먹는 재미에 빠져 그렇습니다. 학창 시절 교실에서 먹던 그 추억의 맛도 나고, 주중과는 달리 사무실 공간이 호젓해 나들이 나온 기분도 살짝 들어 좋습니다.

TV 뉴스를 틀고, 때가 돼 신문지를 깔아 홀로 만찬을 즐기기 위한 준비를 마쳤습니다. 아내가 해 준 김치볶음은 언제나 최고, 꿀맛입니다. 크게 한입, 또 한입 그 순간 '나부터'를 안달하며 전화기가 울어댑니다. 늘 있는 탐방에 관한 문의겠지. 네, 국립공원 당직실입니다. "국립공원이죠. 당신들 뭐 하는 거야. 길에 먼지가 풀풀 나는데 물 안 뿌리고. 여기 높은 산인데 먼지가 너무 나잖아." 입에 넣은 한 술 밥 꿀꺽 삼키고 더 들으니, 능선을 걷는데 발걸음을 옮길 때마다 긴 세월 답압으로 부서진 흙 알갱이들이 먼지로 핀다는 거였고, 그러니 산길에 물을 뿌리라는 매서움이었습니다.

내가 고객응대 전문가는 아니지만 여차저차한 민원에 제법 대처한다 생각했었는데 이번 민원엔 어찌 답해야 할지, 수화기를 들고 있는 동안 도통 떠오르지 않았습니다. 산덩이란 곳의 형세가 어쩌고저쩌고하니 헤아려 달라는 사정만 입에 단맛이 나도록 반복하다 일순간 잠잠해진 수화기를 연실 끊어진 얼레 놓듯 내려놓았지요. 밥맛은 물론 마음까지 쓰디쓴 당번 날이었습니다.

금강초롱, 8월

넉넉한 자연, 쪼잔한 레인저

성형

산들과 하늘이 온통 축제인 성하에 초록 숲 한 귀퉁이가 흙빛입니다. 가녀린 미소를 머금은 신부의 은빛 드레스에 왈칵 커피를 엎지른 낭패처럼 보기 딱합니다. 잇몸이 치아를 떠받치듯 울산바위를 감싸던 흙더미 한쪽 그리고 성봉(聖峰), 천왕봉의 비탈면 일부가 전에 없는 큰 규모로 무너져 그렇습니다. "울산바위, 천왕봉이 붕괴되는데 대책 없이 수수방관", 한편에서 득달같이 꼬집어 댑니다. 애타는 마음이 질책과 시비의 뿌리라는 걸 충분히 헤아리지만, 실상은 자연이 스스로 생겨남을 조경하라는 억지라 당혹스럽습니다. 지구별 역사를 통틀어 찰나에 불과한 우리 세상, 자연의 일그러진 표정만 얼핏 봤지 그 본성에 대한 이해가 잘못돼 폭력적 간여를 재촉하는 꼴입니다.

토레스 델 파이네(Torres del paine) 국립공원의 빙하가 점점 사라지는데, 포트 캠벨(Port Campbell) 국립공원의 12사도 바위가 풍파에 무너지는데, "너희들 뭐 하고 자빠졌냐?" 해대면 어떨까요. 낯익은 맵시가 급격히 무너지는 처참한 현실 앞에 그네들 심정도 우리네 감정과 별반 다르지 않겠지만, 다짜고짜 삿대질에 앞서 이치를 충분히 살펴 보듬으려는 침착함이 합리일 겁니다. 입 다물고 화를 삭인 시간만큼이나 울산바위 키는 더 솟아났고, 천왕봉도 또 다른 자태로 대견해졌습니다.

우리가 참견하지 않았어도 야생은 스스로 생겨나 순간순간 무너지고, 솟아오르고, 싹 틔우는 정중동을 지금껏 멈추지 않았습니다. 앞으로도 우리의 착각으로 인한 난폭이 가해지지 않는다면 제 뜻대로 머물고, 저답게 돌변할 겁니다. 사춘기 우리 아이들처럼 말이지요. 그런 흐름이 당연한 자연임에도 누군가는 또 엉터리 독한 성형(成形)을 다시금 독촉하며 나서겠지만, 진정 지녀야 할 태도는 우리의 분별없는 간섭과 잘못된 습관이 위대한 야생의 움직임에 혹 영향을 끼치지는 않았는지, 나를 돌아보고 고치려는 진지함입니다.

산솜다리, 6월

심판

　내기 걸리면 흥미는 급상승합니다. 뭔 일을 앞에 놓고 생각이 서로 엇갈려 각자 고집이 세지면 십중팔구 내기 아니면 싸움. 내기와 싸움은 지극히 우발적이고 누구나 실수할 수 있는 간격, 지갑 속 내 카드와 법카 사이 틈새입니다. 재미를 더하고 술 한 잔 공짜로 나누려는 한판 내기가 어이없이 격한 싸움으로 번지는 낭패를 막으려면 반드시 심판이 있어야 합니다. 그래서인지 내 사정은 아랑곳하지 않고 전국 각지로부터 심판으로 초대받을 때가 종종 있습니다.

　"여보세요. 저기여." 자정이 임박한 시각, 전화 목소리에 술 취한 기운이 잔뜩 감지되고 왁자지껄 주변 소음도 섞여 들려옵니다. "저기여. 조용해 봐 인마. 흔들바위 굴러 떨어졌나요? 꺼어억. 외국사람 여럿이 밀어 굴러 떨어졌다는데, 맞아여?" 제대로 잠들었는데 하필 이 심야에 또 이 내기입니다. "아니요. 고대로 있습니다." 비몽사몽 판정 한마디에 환호성과 함께 또렷이 들려옵니다. "거봐 인마, 절대 안 떨어진다니까. 삼차는 니들이 쏘는 거다. 꺼어억. 저기여. 고맙습니다." 뚜뚜……

현호색, 4월

적당히

출장을 갑니다. 포장을 할 거냐, 말 거냐. 여러 해 동안 논란을 벌이다 결국 포장하기로 정해졌고, 관련 계약도 완료돼 도로공사가 이제 막 진행 중인 현장입니다. 한참 차를 달려 현장에 도착해 현장소장님을 비롯한 관계자 분들과 인사를 나누고, 자재보관소를 둘러봤더니 지나치게 어수선합니다. 규모가 제법 큰 콘크리트 교량의 뼈대로 쓸 철근 더미가 빨갛게 녹슨 채 맨땅에 아무렇게나 널렸습니다. 이건 아니다 싶어 공사에 사용하지 않도록 소장님께 주의를 당부했지만 돌아온 답은 녹슨 철근이 콘크리트와 접착력도 좋고 공사 품질에도 전혀 문제되지 않는다는 강변. 이제 갓 입사한 풋내기가 공사에 대해 뭘 아느냐는 속내로 비아냥스럽게 다가왔습니다. 학교 때 배운 게 맨 그런 거였는데 교과서와 교수님들의 강의 내용이 틀렸다는 말이었지요. "그래도 부식이 심해, 쓰면 안 될 것 같으니 새것으로 바꾸는 게 좋겠습니다." 강조하고 돌아서 차문을 여는 순간, 나직하게 들려왔습니다. "고 자식 뭘 안다고 김 부장 한쪽에 잘 돼."

공사장에서 그리 멀지 않은 공원사무소에 들러 방금 현장에서 있었던 상황을 선배에게 이야기하니 "야, 다 그런 거야 인마,

사회에서 FM이 통하냐. 거기 소장 대단한 사람이야. 적당히 해. 그러다 다쳐. 이따 저녁이나 하자." 피곤도 하고 귀소길도 멀었지만 감사한 마음에 식사를 함께하고 소속 사무소로 출발했습니다.

　시선을 앞에 두고 멍하니 달리던 중, 직장 일로 떨어져 지내는 아내와 어머니 생각이 불쑥 일더니 이내 간절해졌습니다. 그래 본가에 다녀오자. 방향을 바꿔 고속도로를 빠져나와 평소 익숙한 지방도로로 접어들었습니다. 밤 11시 훌쩍 넘은 시각. 노곤해진 감각을 타고 졸음이 밀려옵니다. 차창을 한껏 열고 머리를 흔들어댔지만 눈 깜박할 새 차는 중앙선을 넘어 반대편 갓길의 나뭇가지와 긴 풀을 훑으며 달립니다. 아찔한 순간을 천운으로 넘긴 만큼 정신을 꼿꼿이 세우고 수시로 눈꺼풀을 비벼대며 포근한 집을 향해 속도를 더 냅니다.

　그렇게 운전 아닌 운전 상태가 얼마나 지났을까. 차는 다시 반대편 낭떠러지 끝. 수동식기어 차로 감히 자율주행을 한 셈이었습니다. 아직도 집까지 남은 거리는 구불구불 60~70㎞ 정도. 안 되겠다. 무리다. 어디쯤 모텔서 자고 아침 일찍 출근하자. 포기를 마지막으로 기억이 일절 없습니다. 강한 충격이었는지, 지독한 한기였는지, 아스팔트 바닥에서 퍼덕 퍼덕 몸뚱이가 튀는 느낌만 있을 뿐. 어렴풋이 정신이 들었을 땐 아내, 엄마 그리고 흰

옷을 걸친 누군가의 모습만 어스름했습니다. 몇 마디 음성이 들렸습니다. 한쪽 쇄골이 부러지고 얼굴과 손에 유리 조각이 박혔습니다. 사고에 비해 천만다행입니다. 걱정 안 하서도 됩니다. '적당히'를 무시한 자율주행의 대가는 지독히 아렸습니다. 겨드랑이 살갗이 벗겨지도록 여름내 어깨띠를 착용한 후에야 퇴원할 수 있었고, 사고 후유증으로 어깨의 균형을 잃은 채 귀소 했으니까요.

시커먼 절망

바람이 휘달립니다. 한두 번 당한 게 아닌지라 의심 가는 건 뭐든 깡그리 쓸어버릴 기세로 구석구석 대지를 훑습니다. 햇살 내려앉은 산들이 신혼 이불을 펼친 듯 곱고, 도롯가에 늘어선 벚나무 가지마다 팝콘 같은 꽃을 틔우기 직전 예열이라도 하듯 불그레한 빛깔이 가득 차올랐습니다. 감지하고 판단하는 기능이 도대체 몸속 어디에 든 건지, 해마다 제 색깔과 모양이 한 치 헛갈림 없습니다. 매년 되풀이되는 배신의 아픔을 또 한 번 털어내고 바람, 꽃 순서로 설악의 봄날이 드세고 화사하게 다시 펼쳐집니다.

면목 없고 미안해 한껏 마음 졸이는 이 봄, 누가 지른 불씨일까요. 재를 가로질러 동해로 뻗은 산줄기 끝, 청대산 쪽 하늘이 온통 붉습니다. 땅속에 뿌리박은 목초는 어찌할 바 없어 선 채 타들고, 주민들의 피난을 재촉하는 사이렌 소리도 거대한 연기와 섞여 어지럽고 다급합니다. 산비탈과 능선 여기저기 번지는 불길을 잡느라 혼쭐 빠졌습니다.

시간은 늘 그렇듯 한 마디씩 절기가 흘러가고 해가 바뀌더니 어느새 바람도, 꽃도 고맙게 다시 왔습니다. 모두가 한껏 경계하던 불씨도 누군가의 얕음으로부터 탈출해 황망히 나타났습니다. 사방 펼쳐진 첩첩 산들을 붉게 질식시키고 아담한 전원주택, 예쁜 카페를 희롱하며 산에서 바다로 내달립니다. 땅에서 사방 내튀는 여우 불은 어떻게든 두들겨 잡지만, 소나무 가지 끝에서 날뛰는 원숭이 불은 헬리콥터만 애타게 올려다볼 뿐입니다. 땅과 바다의 경계쯤 고즈넉이 앉은 절집마저 허문 후에야, 봄의 화가 풀린 듯 불길이 잠잠해졌습니다.

봄다운 봄이 몇 해간 이어져 이 봄도 다행이구나! 안도하는 저녁, 또 터지고 말았습니다. 하필 태풍급 강풍이 봄의 안전을 살벌이 경호하는 날 말이지요. 속죄하는 심정으로 모두가 밤새 허둥댔지만 날이 밝아 드러난 봄의 형색은 기막힌 참상입니다. 고질인 배신에 너그럽게 피던 봄이 시커먼 절망으로 녹아내렸습니다.

붓, 5월

검사보다 스님

버겁고 사나운 일상에 치여 생각은 풀죽고, 마음은 아립니다. 야생의 순수에 기대 추스르고 다독여 나답게 다시 서고자 짬을 내 피신을 시도합니다. 그런데 이곳 산길마저 원색의 칙칙한 천막들로 하늘빛이 아무렇게나 가려졌고, 낡은 파라솔들이 좁은 터에 빼곡히 꽂혔습니다. 호객 소리, 기름 냄새 범벅이고 테이블마다 파전, 막걸리가 놓인 채 떠들썩합니다. 길 중간에 자리한 휴게소들의 난잡함이 도망치듯 떠나온 도심 속 광경을 뺨칩니다. 그런 만큼 단속을 채근하는 목소리도 커지지요.

서고를 뒤져 묵은 허가문서를 찾아 줄자를 대 가며 불법점유 부분을 낱낱이 조사하고, 호객행위 또한 채증(採證)을 통해 합당한 처분을 했습니다. 일대는 말쑥해졌고 탐객들의 손가락질도 멈췄지요. 그런데 그도 잠시, 치워졌던 천막과 테이블들이 땅따먹기라도 하듯 야금야금 산길을 다시 점령합니다. 기획단속을 수시로 반복해댔지만 실망스런 현실은 해가 바뀌어도 꿈적하지 않았습니다. 버는 돈에 비해 어쩌다 내는 과태료가 턱없이 적으니 내가 점주라도 어떻게든 그리 할 일이지요. 단속과 술판이 반복되는 동안 점주들로부터는 '그 자식', 윗분들로부터는 '김 검사'

란 별명을 얻게 되었고, 떠났습니다.

　몇 해간 여러 부서를 돌고 돌아 무슨 연인지 다시 그곳으로 전입을 받은 순간, 골치 아픈 그 광경이 적나라하게 떠올랐습니다. 그런데 어찌된 일일까요? 산길 곳곳에 뻔뻔했던 휴게소들이 몽땅 사라지고 햇살을 한껏 품은 산꽃과 어린나무들이 그 자리에 예쁘고 싱싱합니다. "아니, 이 불가능이 어찌 된 겁니까?", "그거, 스님이 결단하셔서 세 코스에 널려 있던 열여섯 동 모두 철거했다.", "대단하시네요. 이젠 민원도 없겠네요?", "물론이지." 계곡도 오염 안 되고 이제 야생답습니다. 검사보다 역시 스님입니다.

　마침 '환경의 날'을 맞아 표창을 할 터이니 합당한 분 추천하라는 문서가 있어 스님을 상신하고자 찾아뵙고 자초지종을 말씀드렸더니 "산중에 사는 사람이 상은 무슨." 손사래를 치십니다. 밤낮없이 진한 냄새, 강한 빛 그리고 오염된 물을 지속적으로 흘려 자연의 원상을 쉼 없이 집적대고 행정력의 한계를 조롱했던 난공불락의 성. 그만큼 내겐 대단한 공적, 혁신적 사건이었던지라 수상을 확신하고 스님의 뜻을 외면한 채 공적서를 올렸습니다. 그런데 이게 웬일, 탈락입니다. 다른 후보들에 비해 공이 작았던 것인지 아니면 내 글력이 부족해 심사위원들 눈 밖에 난 것인지 알 수 없었지만, 결과적으로 무욕(無慾)의 스님에게 폐를 끼친 것 같아 면목이 없었지요. 하지만 얼마 지나지 않아 내 낙심은

누그러졌습니다. 그곳을 지나는 산객들마다 "너무 좋아졌다!" 감탄을 연발하며 수시로 시상을 해 주었으니까요. 스님이 생각하신 것도 그저 그런 형식과 일시적 무대가 아니라 어쩜 이런 거였겠구나! 뒤늦게 가늠됐습니다.

개벚, 5월

제자리

여느 직장인들의 출근길과는 반대, 네모꼴 콘크리트 덩이들과 밉살스런 치장이 가득한 번화가를 거슬러 버스가 첩첩 산으로 향합니다. 사무실이 산중 위치한 덕에 누리는 행복한 일상입니다. 코끝이 시린 이른 아침임에도 옷매무새를 볼 때 공원을 찾는 승객들이 제법 자리를 채웠습니다. 잔치 같았던 가을의 절정이 지난 탐방 비수기지만 승객들 중 서너 명꼴로 외국인이라 지구촌이 한 마을임을 출근 때마다 실감합니다.

야생탐방이 시작되고 끝나는 지점, 공원 매표소를 한 정거장 앞두고 내가 하차하는 곳, 우리말과 영어로 "이번 정류장은 국립공원 탐방안내소 앞입니다." 차내 방송이 흐르면 내국인들은 어쩌다, 외국인 승객들은 예외 없이 엉덩이를 의자에서 엉거주춤 떼고 차창 밖 풍경을 살핍니다. '탐방안내소 앞'이라 하니 이방인 대다수가 공원 입구에 도착한 것으로 착각해 하차할 태세를 어정쩡 취하는 거지요. 그러다 지나칠세라 조바심에 다급히 내려 썰렁한 주변을 둘러보며 "여기 아닌 거 같은데…." 당황한 기색이 역력한 탐객들을 마주하면 15분쯤 기다려 버스를 다시 타든지, 아니면 30분가량 걸어야 매표소라고 말해 주는 게 예사입니다. 하지만 선한 연대 의식이 스쳐 미안한 마음이 진해지거나, 지난 밤 꿈자리가 삼삼할 땐 안내소에 함께 들어 세세히 알려 주기도 하고, 갖가지 정보도 챙겨 드리곤 합니다.

초행자를 세심히 배려하지 못하는 차 내 녹음방송이 늘 쌀쌀맞고 무뚝뚝하게 느껴져 아쉽지만, 건물의 규모와 전시품 수준이 세계적인 탐방안내소의 위치는 그 대단함에 비해 더욱 딱합니다. 찬란한 계절을 빚어내는 산에 끌려 국내외 각지로부터 방문객들이 운집하고, 그 극한의 미를 한껏 체험한 사람들이 각자 집으로 돌아가기 위해 다시 꼬이는 곳, 그런 길목이 마땅히 제자리일 텐데 생뚱맞은 장소에 섰습니다. 낯선 만큼 뭔가 필요한 정보를 얻으려는 이방인들이 수시로 들고나야 할 근사한 공간이 늘 썰렁합니다. 우리보다 저만치 앞서가는 나라의 사례를 참고해 서둘러 값비싼 건물을 짓고, 안팎을 꾸며 보란 듯 문을 열었지만 제 몫을 별반 해내지 못하지요. 누군가 다급할 때 해우소 역할이 더 큽니다. 맹목적 추종, 성급한 일처리가 나은 안타까움입니다.

정류장을 안내하는 멘트는 이방인들의 불안한 심정을 헤아려 충분히 알아듣기 쉽게 바로잡았지만, 엉뚱한 곳에 주저앉은 대견한 탐방안내소가 저다울 수 있게 고칠 방안은 아직도 찾지 못했습니다.

야단난 대피소

이 새벽에 흥거운 북새통입니다. 대피소 앞마당은 말할 것 없고 처처 산길에 온통 사람들입니다. 소문난 맛집도 아니고 유행이 정점인 특별한 물건을 취급하지도 않는데 왜 이리 꼬이고 줄서는 것인지, 이놈의 대피소 인기가 웬만한 아이돌 저리 가라입니다. 이럴 줄 예상해 컵라면의 비닐포장과 뚜껑을 어젯밤 미리 뜯어 매점 한 켠 줄줄이 쌓고, 통마다 뜨거운 물도 준비했지만 갈증 난 소가 물을 빨듯 순식간에 줄어듭니다. 이쯤 되면 상품을 추가로 준비하고 매대로 옮기느라 몇 안 되는 직원들은 다급하고 비좁은 주방과 복도는 덩달아 법석입니다.

일이 고되도 손님들 앞에선 미소를 잃지 말아야 시간도 잘 가는 법, 어느새 점심때가 훌쩍 지나 그 많던 사람들이 산 아래를 향해 삼삼오오 떠나고, 돈통이 두둑해지면 그제서야 자신이 쉰 파김치가 됐음을 직원들은 온몸으로 감각합니다. 새벽부터 시작된 성수기 일과지만 여기서 끝이 아니라 이제부터 시작입니다. 이곳의 본래 기능이 매점 아닌 대피소니까요. 다시 몸을 다스려 남겨지고 버려진 것들을 대충 치우고, 저녁 손님맞이 채비를 끝내니 산덩이를 화사하게 비추던 해가 저 멀리 봉우리 끝에 걸렸습니다.

 북적임이 오전 정도는 아니지만 혼자, 때론 무리를 지어 지치고 비틀거리는 몸으로 탐객들이 쉼 없이 들어옵니다. 넓지 않은 방들, 딱딱한 마루 바닥이 벌써 꽉 찼습니다. 취사장은 말할 것 없고, 층과 층을 연결하는 복도마저 쪼그린 채 앉아 자는 침상이 되었지요. 아무렇게나 몸을 접어 하룻밤 묵은 후 내일의 햇살과 잎사귀들이 연출하는 기막힌 무대를 보기 위해 방방곡곡에서 모여든 구경꾼들입니다. 정해진 늦은 시간이 돼 소등을 했음에도 가끔 웃음 터지는 소곤거림이 여기저기 잠들지 않고, 코고는 소리와 땀내가 숨넘어갈 듯 진동합니다.

 고함도 울립니다. 화장실이 다급해 지뢰밭 헤치듯 바닥을 더듬던 손님의 발이 누군가의 얼굴을 지그시 눌렀지요. 노랫소리와 고성이 이어지던 이 층 구석진 곳에선 순간 침상이 꺼지기라도 한 듯 외마디 비명과 욕지거리가 뒤섞여 야단이 났습니다. "야 이 사람아. 여기다 오줌 싸면 어떡해! 이런……." 알코올에 지독히 취해 사방 휘젓고 고함을 지르던 그분, 탐객들의 속 끓는 지지 속에 결국 기둥에 몸이 살짝 묶였고, 먼동이 터서야 술독에서 머쓱히 헤어났습니다.

금강봄맞이, 6월

낙엽송밭은 마을

아무렇게나 널린 돌무더기들만이 집터였음을 외롭게 말합니다. 집채는 벌써 온데간데없이 사라지고 무성한 산초에 대충 덮인 호박돌들만이 가난만큼 행복했던 시절을 소곤거립니다. 깊은 골짜기 나름 볕 잘 들고 물 좋은 터, 여긴 누구네 저긴 누구네, 또 저긴 마을 밖으로 나드는 길목이었을 겁니다. 봄, 여름, 가을로는 수줍은 산꽃과 새큼한 열매가 넘쳐나고 겨울엔 눈과 얼음 지옥이었을 이곳. 매끼 무엇을 먹고 옷은 또 어찌 입고 살았을까. 아니, 어떤 처절한 작심에서 여기까지 헤쳐 들어 터를 닦고 고단한 삶을 잇게 되었을까. 읍내 장 한 번 다녀오려면 못해도 삼십 리 족히 걸어 보리쌀 몇 되팔아 이고, 지며 오갔을 후미진 산골.

"큰 물줄기를 거슬러 산에 들면 여러 골짜기가 나오잖아. 그 골마다 집들이 수십 채씩 있었어, 모두 합치면 못해도 백여 채는 됐었지." 지금은 한 채 없는데 그렇게 많았어요? "일제 강점기 때 여기서 산판이 크게 벌어졌었거든, 아름드리 소나무, 전나무 엄청 나갔지. 그 왜 다리 건너 넓은 공터, 회사 거리. 거기가 연필 공장이 있었던 자리야. 그래서 회사 거리지. 직원 수도 제법 많았어. 그만큼 큰 동네였지. 그땐 산나물이 지천이었는데 지금은 나물도 안 나. 나무가 우거져 볕이 안 드니까. 70년대 화전마을 정리하면서 다 떠났지. 읍내로 나간 사람 대처로 떠난 사람. 집들도 그때 죄다 허물고 그 자리에 낙엽송을 심은 거야. 빨리 자라니까.", "산 군데군데 낙엽송 군락지가 많던데 그럼 그 자리가 다 마을이 있던 자린가요?", "그렇다고 봐야지……."

낙엽송은 하늘 너머 우주를 꿈꾸듯 솟는 기상이 일품이고, 붉은 듯 노란 단풍 빛이 더없이 고운 나무입니다. 어느 나무들이 동장군 진격 소식에 앞다퉈 잎을 떨궈도 낙엽송만은 겨울이 닥치는 순간까지 제 빛깔을 잃지 않아 선 자리가 확연히 드러납니다.

가을 끝자락, 배낭 하나 들쳐 메고 찬바람 쓸고 지나는 비로봉에 올라 사방 내려보니 낙엽송 군락지가 처처에 선명합니다. 그곳에 한 채, 한 채 초가와 너와집이 그려지고, 삼삼오오 모여 비탈진 길을 뛰노는 까까머리 아이들 모습도 보입니다. 마을은 시간을 따라 고운 빛 낙엽송밭으로 변했지만 아이들은 대처에서 정 사장, 이 지점장이란 직책으로 바쁜 생활을 잇거나 궁핍만큼 정 깊었던 그 시절을 추억하며 고만한 터를 골라 전원주택 지어 살고 있겠지요.

깽깽이, 5월

우리 아이들

가슴이 철렁했습니다. 전혀 예측 못 한 '직원 안전사고'라는 소리가 내 귓속에 진동되는 순간 말이지요. 119로부터 협조요청을 받고 현장에 출동한 레인저 중 한 명이 저 만치 낭떠러지 바위틈에 낀 들개를 구조하기 위해 뜰채를 내밀다 얼굴을 심하게 물리고, 개는 쏜살같이 내뺐다는 전말이었습니다. 장대비가 수시로 퍼붓고 먹구름 가득한 장마철, 잠시 하늘이 열린 틈으로 다행히 헬기가 떠 빠르게 병원으로 후송했지만, 서른 바늘 이상 꿰매는 큰 사고였지요. 이어지는 직원의 이야기는 유기돼 떠도는 개와 출몰하는 고양이들로 인해 탐방객 위험과 야생에 미치는 영향이 심각하다는 거였습니다. 탐방 중 급작스런 조우로 놀랬거나 물림 사고를 당한 탐객들로부터 구제 신고가 빈발하고 토끼, 청설모 같은 작은 야생들의 개체수가 급감한다는 것이었지요.

사고를 계기로 관련 내용을 더 살펴보니, 구조에 임하는 레인저들의 어려움은 여기서 그치지 않았습니다. 반려견 600만 마리, 반려묘 250만 마리 시대, 일명 도그 대디, 캣 맘들로부터 항의가 집요하게 있었습니다. 제아무리 자연공원이라도 우리 아이들이 지내는 곳이라면 아이들 뜻대로 살게 그냥 내버려 두라는 전화 시위가 전국으로부터 릴레이식으로 이어졌던 겁니다. 험한 지형지세를 무릅쓰고 구제를 마쳐도 일이 끝난 게, 끝난 게 아닌 거였습니다. 야생을 보듬는 레인저들은 개, 고양이라 칭하지만 그분들에게는 불쌍하고 예쁜 우리 아이들이니, 갈등의 뿌리 중 가장 맵고 질긴 가치관의 차이로 인해 해결책 마련이 쉽지 않습니다.

도심 속 섬 같은 야생의 터에 이들의 개체 수가 급증한 원인은 뉴타운, 재개발 사업이 벌어지면서 반려동물들을 철거예정지에 남겨 두고 떠난 몰인정이 절대적입니다. 산뜻한 새집으로 누군가 이사를 가면서 자식, 친구처럼 기르던 동물에 대한 최소한의 도리와 책임을 슬쩍 놓아 버린 것이지요. 그렇게 버려져 굶주림에 지치고, 곱지 않은 사람들의 시선을 피해 인근 자연 숲으로 피신한 개체들이 무리를 이루고 번식하면서 민원, 사고, 구제 다시 민원이 지루하게 이어지는 겁니다. 말 그대로 제 짝, 반려동물을 한순간 거침없이 팽개치는 사람들이라면 산짐승을 향한 배려는 과연 품을 수 있을 것인지 의문이 듭니다.

긴잎산조팝, 6월

곰골

산중 길은 세 부류입니다. 하나는 땔감나무 찾아 지게 지고 뻔질나게 다니며 이따금 읍내 장 보러, 소 팔러 지나다녔던 장터길입니다. 세차게 쓸어대는 세월과 함께 지금은 오가는 사람이 없어 이 길은 야생으로 이미 사라졌거나 빠르게 지워지는 중입니다. 또 하나는 법이 정한 길, 한 해에만 수만 명에 이르는 산객들이 오르내리는 탐방로지요. 둘은 사람의 길이고 나머지 하나는 산짐승들이 낮, 밤 은밀히 움직이는 야생의 길입니다.

탐방로는 사람들의 안전을 돕는 시설들이 많습니다. 예찰도 그래서 시설이 제 기능을 유지하는지, 별반 문제는 없는지 살피기 위해 탐로를 따라 다니는 게 보통입니다. 지겟길, 야생의 길은 서툴러도 관내 탐로라면 이미 훤합니다. 그런데 오늘은 장터 오가던 옛길 주변에 혹여 자연훼손이 벌어지진 않았는지 살짝 의심이 들어 출발에 앞서 지도를 세세히 살핍니다. 길에서 제법 떨어진 깊은 골짜기, '곰골'이란 지명이 깨알 크기로 선명합니다. 곰골이라! 이 산무더기에 곰이 진짜 있나? 아무리 예찰을 반복해도 운 좋은 날 저만치 고라니, 노루 정도 보는 게 이곳 형편인데……. 멸종됐을 거라 확신하면서도 한 줄 호기심에 끌려 지역에서 나고 자란 선배들에게 여쭤 보기로 했습니다. 거짓말 같은 기억에 각자 짐작을 더해 이렇게 풀어놓으십니다.

"곰? 있었지. 곰골 쪽에 많았어. 내가 초등학교 2, 3학년쯤 어느 핸가 아버지하고 친구 분들이 하루에 두 마리를 잡아 오셨었는데. 곰골은 골이 깊은 데다 먹이도 많지, 동네 사람들도 무서워 그쪽으론 안 다녔어. 확신은 아니지만 지금도 깊은 숲 어딘가 있긴 있을 거야. 가끔 곰골에 들어가면 큰 나무 기둥에 난 발톱 자국이나 머루, 다래 같은 넝쿨들이 당겨진 흔적을 가끔 볼 수 있거든. 난 있을 거 같은데." 또 다른 선배의 이야기는 다릅니다. "옛날엔 잡은 거 자주 봤지. 지금? 곰은 무슨, 발톱에 긁힌 흔적이나 넝쿨이 당겨진 건 다른 애들이 그런 거야. 83년 그때 총 맞고 죽은 게 마지막이야. 없어." 단호하십니다.

그래도 난 있을 거 같다는 희망 묻은 이야기를 쫓아 보기로 했습니다. 그렇길 간절히 바라니까요. 야생의 길 주변으로 처처에 설치돼 낮이든, 밤이든 움직이는 피사체의 모습이 고스란히 담기는 동작감지카메라 영상들을 몇 년 치 뒤져 봤습니다. 하지만 특이한 것이라고는 플래시 빛에 놀라 날카로운 이빨을 한껏 드러낸 삵, 한가롭게 제 길 지나는 산양의 펑퍼짐한 엉덩이 정도였을 뿐, 곰의 존재를 연상할 만한 단서는 확인할 수 없었지요. 산속 장터길이 사라져 버렸듯 분명 곰골에 어슬렁거렸을 곰들도 모두 가 버린 것인지, 여운이 사라지지 않았습니다.

정영엉겅퀴, 7월

시험

　휴무 날에 연가를 덧붙여 휴가를 얻었습니다. 말이 좋아 휴가지 여러 날 고되게 집중해야 합니다. 승진 시험을 앞두고 준비하기 때문입니다. 퇴직한 선배로부터 얻어 쟁여둔 책들을 부담스러운 마음으로 꺼냈습니다. 지금껏 승급 후보자로서 심사만 받아 봤지 지필시험을 앞두기는 처음인데다 자리도 고작 세 명밖에 안 된다는 떠도는 정보에 부담이 확 밀려옵니다. 탈락! 멍해질 그 순간이 두렵고 걱정돼서라기보다 응원을 넘어 대놓고 '선배는 합격' 예단하는 일부 후배들 보기가 민망할 듯해 더욱 그렇습니다.

　아침부터 밥 없는 밥상을 들고 작은 방에 틀어박혀 책을 펼칩니다. 과장이 수행하는 직무와 시험과목 간 유의성이 의심되는 전산(電算)과 더블 햄버거 두께의 조문을 통째 암기해야 하는 사규가 특히 걱정되고, 혹 열공에 방해될까 잔뜩 조심하는 눈치가 풍기는 아내에게 괜스레 미안해집니다.

　나름으로 짠 시간표에 맞춰 몰입을 이어 갈수록 역시나 전산은 '이런 문제를 왜?' 의문을 넘어 불평이 자랍니다. 안 되겠다 싶어 시중 책방에서 문제집을 몇 권 샀습니다. 앞뒤 따지지 않고 '이 문제 답은 이거' 그냥 외우는 게 상수라 판단되었으니까요. '시모스(CMOS)의 기능이 아닌 것은?', 'PDP, LCD의 장단점 비교 중 틀린 것은?' 시험이 종료되는 순간 머릿속에서 싹 지워 버릴 것들. 직무와는 별반 상관성 없어 보이는 문제들이 답답했습니다. 그러던 어느 저녁, 냅다 책을 패대기치고 아내에게 푸념했지요. "이번 시험 보지 말까 봐.", "아니, 왜 갑자기?", "모니터 종류하고 과장의 직무 간 뭔 관계가 있다고 맨 그런 문제투성이고, 헬기가 뜨고 내릴 때 바람 방향이 정풍이든 북풍이든 조종사가 알아서 할 일을 왜 행정직 과장 되겠다는 녀석이 달달 외워야 하는지⋯⋯." 수험생 생각해 된장찌개 끓이려 식칼 든 아내에게 내뿜었습니다.

수험생 주제에 어이없고 딱했던지 두 마디로 답합니다. "일단 하고, 나중에 바꿔." 머쓱했습니다. 시험의 적정성은 온데간데없고 그저 합, 불을 가르기 위한 형식적 절차 그 이상도 이하도 아니라는 불만이 내내 가시지 않았지요. 몇 날을 손 놓고 빈둥대다 정신이 번뜩 들었습니다. 과목 선정과 문제의 유형이 어떻든 시험은 시험이고, 떨어질 경우 내 속을 누가 헤아려주는 것도 아닐 터 일단 붙고 보자. 속도를 냈습니다.

허락된 시간이 그렇게 모두 지나고 먼 서울까지 가 시험을 치

렀지요. 모든 과목의 평균 점수가 아무리 높아도 과락 과목이 생기면 합격은 물 건너가는데, 전산은 외줄을 타듯 불안해 답지를 제출하는 순간까지도 여러 번 체크해 봤지만 과락 선을 넘나듭니다. 불안과 실망에 걷어차듯 시험장을 빠져나와 시외버스에 올랐습니다. 시선을 멀뚱히 창밖에 두고 가는데 평소 존경하는 선배님으로부터 전화가 왔습니다. "시험 잘 봤어?", "전산 과락 난 거 같아요.", "이삼일 후면 결과 나올 거야. 잘 봤겠지. 수고했다." 이틀이 지나 다시 전화를 받았습니다. "야, 너 됐어. 축하해. 엄살은." 그래 됐다. 그놈의 전산 잡았다. 날 듯 기뻤습니다.

그렇게 과장이 되고 또 부장이 돼 여러 보직을 돌고 돌아, 그때 불평에 대한 죗값이었는지 시험을 주관하는 직이 주어졌습니다. 시험을 치른 지가 강산이 몇 번 바뀔 시간임에도 시험의 대강은 너 보란 듯 바뀌지 않았지요. 그래, 바꾸자. 친분이 있던 행정학 교수님들에게 자문을 얻고, 직책에 걸맞은 필요역량을 탐색해 과감히 바꿨습니다. 개정의 폭과 속도가 컸던 만큼 은근 걱정이 돼 시험을 앞두거나, 치른 후배들을 상대로 직무와의 유의성을 물었더니 훨씬 나아졌다는 이야기가 지배적이라 마음이 가벼웠습니다.

세상 모든 시험이 그렇듯 사내시험도 수험자의 합, 불을 가르는 결정적 수단입니다. 하지만 그 수단은 당락을 분별하는 잣대를 넘어 구성원들이 평소 다져야 할 단계적 역량이 무엇인지를 신호하고, 그에 정렬된 학습을 유인하는 속성이 강합니다. 소속된 조직의 업(業)과 비전에 합당한 지식과 경험을 익히도록 유도하지요. 부단하고 집단적인 그런 노력의 정도에 비례해 '조직'과 '나'는 독보적 경쟁력을 키우기도 하고, 또 상실하기도 하면서 결국 존속 가치를 스스로 운명 짓게 됩니다.

나도제비, 5월

한 번만

낮으론 초록 산파도가 끝없이 펼쳐지고 밤으론 초롱초롱 별들이 한 움큼 잡힐 듯한 천상의 터, 자연 한가운데 자리한 산장에 묵으려는 몸살이 너나없이 독합니다. 꼬린내와 코 고는 소리가 진동하는 그 비좁고 불편한 공간에서 하룻밤은 제아무리 칼잠이라도 복권당첨입니다. 어둠이 내린 시각, 예약객들을 모두 맞이하고 산지기는 산장의 문을 닫지만 파김치 된 몸으로 닫힌 문을 두드리는 탐객들 발길이 새벽까지 이어지고, 더는 들일 공간이 없어 산장 밖이 야영장입니다. 어쩔 수 없는 한계 상황에서 각별한 돌봄으로 허락된 시간이었지만 "비박(Biwak) 허용한대." 뻥튀기 소문이 돌기 시작하니 '나는 간다.' 야간산행, 무리한 탐방이 그치지 않습니다. 그럴수록 산장 일대는 때때로 난민촌, 후미진 숲속은 비박 터가 되지요.

그래서 고민 끝에 새로운 정책을 도입합니다. 탐방 시작점, 그러니까 공원 입구에서 출발해 산중 어디쯤 위치한 산장까지 또, 대다수 탐객들이 열망하는 '정상에서의 셀카 한 장' 정서를 고려해 높고 먼 등성이를 넘어 산을 내려갈 수 있는 충분한 시간까지, 걸음속도를 가늠해 코스마다 안전한 입산시각을 정하고 단속하는 제도, '탐방시각제한'을 시행합니다. 야간산행, 비박을 막아 산에 드는 탐객들의 안전을 꾀하고 야생의 원상도 온전히 보호하려는 취지입니다. 탐방코스가 '한일자' 형태로 비교적 단순한 자연공원 한곳을 정해 시범 시행한 제도가 효과를 보이자 여타 공원도 형편에 맞게 시행하라는 지시가 떨어졌습니다.

그 무렵, 전보를 받고 첫 출근을 하니 새 제도 시행을 알리는 안내판들이 공원 경계를 중심으로 곳곳에 눈에 뜨였습니다. 그런데 난감했습니다. 시범적으로 실시했던 공원의 산길 사정과 임지의 실정이 확연히 달랐기 때문이었지요. 한없이 드넓은 호수의 가장자리만 한 공원 경계선을 따라 산행 출발지가 산재하는 데다, 길이 분기되고 다시 이어지는 산속 지점들이 많아 전체적인 탐방로 형상이 그야말로 거미줄, 복잡했으니까요. 그런 만큼 계획한 산행코스를 도중에 바꾸거나 가던 길 뒤돌아 내려가는 경우도 허다할 텐데 어느 입구, 한 시각을 특정해 '여기서는 이 시각까지만 입산 가능' 제한하고 계도하는 현실이 억지스레 느껴졌던 거였지요. 부임 초이고 홍보에 제법 돈이 드는 일이라 더 살펴 고쳐야겠구나 생각하고 일단 넘겼습니다.

그렇게 마음먹고 잊고 지내다 달에 한 번꼴로 만나는 모임이 있어 갔더니 산딸기탕 코스가 절경이란 이야기를 들었다면서 가볼 수 있느냐? 몇 분이 묻길래 흔쾌히 답했습니다. 아니 더 나가

맹숭맹숭 보는 차원을 넘어 흠뻑 취해 봐야 그 본연을 지키려는 레인저들의 수고가 진정임이 공감될 수 있겠다 싶어 강하게 권했습니다.

그런데 모임이 있은 지 열흘 정도 지난 어느 점심시간, 핸드폰 전화를 받았습니다. 그때 그분들 중 한 분이었습니다. "접니다. 여기 입구에 도착했는데 직원 분께서 오늘은 탐방시각이 지나 들어갈 수 없다고 하시네요. 어쩌지요?", "잠시 근무자 좀 바꿔주시겠어요.", "여보세요. 수고 많습니다. 그분들 산딸기탕까지 다녀오시면 왕복 4시간, 늦어도 오후 5시경이면 충분히 내려오시잖아요. 사정이 그러니 좀 보내주시죠.", "소장님 맞아요? 그럼 요번 한 번만 봐 드리는 겁니다.", "네, 알겠습니다. 수고하세요.", "지사장님, 죄송합니다. 조심히 잘 다녀오세요."

해가 쨍쨍한 여름날, 산길을 걷고 자연을 들이켜 심신에 낀 때를 씻으려는 착한 탐방이 야간산행, 미운 산행으로 이어질 거란 억측으로 막힌다면 그 어떤 정책도 공감을 얻지 못할 텐데⋯⋯. 안타까움이 컸습니다.

특별한 예찰

그럴듯한 의심에 궁금증이 더해졌습니다. 평소 예찰하는 탐로 밖 으슥한 곳에서 벌목 같은 어이없는 훼손이 벌어지지는 않는지, 지도에 표시는 있지만 이름 없는 물줄기와 폭포는 또 얼마나 장관일지, 직접 확인하고 느껴 보고 싶었습니다. 다섯 명이 팀을 꾸려 산중에서 하룻밤 묵을 일정으로 배낭을 챙깁니다. 나는 초짜지만 팀원들 면면이 히말라야 등반 몇 차례, 산악 구조대원으로 십 년 이상 경험한 베테랑들이라 외지고 인적 없는 곳을 향하지만 불안감은 하나도 없고, 마주하게 될 비경에 오히려 설렘이 살짝 일었습니다. 용사들과 1박 2일, 만만치 않은 예찰을 함께 출발합니다.

길 아닌 길, 산등성이와 계곡을 오르내리며 서너 시간 걸으니 숨이 가쁩니다. 이런저런 비경이 숨어 있을 거란 기대와는 달리, 이어지는 풍경이 공원 여느 곳에 비해 별나지 않습니다. 물줄기가 실같이 흐르던 계곡, 고만한 폭포는 이미 얼어 발을 내디딜 때마다 허벅지와 종아리에 온 힘이 쏠려 이따금 다리에 쥐가 오릅니다. 나는 벌써 지쳤고, 팀원들도 웬만큼 힘이 빠졌는지 걷는 모양새가 전장에서 후퇴는 병사들 같습니다. 혹한과 거센 바람에 들볶여 아무렇게나 뻣뻣한 겨울나무 가지를 몇 시간 동안 밀쳐대며 드디어 하룻밤 머물 곳에 도착했습니다. 설악산맥의 최고봉과 호수마을로 향하는 갈림길, 작은 샘터입니다.

지대가 높고 고요한 일대는 이미 눈밭입니다. 초겨울 해는 산등성이를 이제 막 넘어 사라지고 텐트 한 동만이 환하고 따뜻합니다. 여태껏 먹은 라면 중 최고 맛있는 라면을 흡입하자마자 나는 의식을 잃고 깊은 잠으로 추락했고, 베테랑들은 밤하늘 무수한 별빛들이 하나, 둘 방전될 때까지 감기는 눈을 형형하게 밝히며 카드놀이에 빠졌습니다.

부산한 아침 소리에 언제쯤 일어나 산중 저수지 풍경이 예쁜 호수마을을 향해 긴 능선길을 이어 갑니다. 어디쯤부터는 눈이 없어 걷기가 한결 수월합니다. 푸석한 낙엽들만 간간이 회오리치는 내리막을 내딛는 순간, 흙에 박혀 몸통이 반쯤 드러난 녹슨 탄피가 발 앞에 드러났습니다. 숨소리마저 틀어막고 서로가 처절히 싸웠던 지난날의 구슬픔입니다. 낯설고 험한 이 산속에서 반드시 살아 집으로 돌아가기 위해 공포를 삼키며 이리저리 내뛰고 엎어졌을 사람들, 잠시 머릿속을 스칩니다.

자연이 훼손된 광경을 어제부터 지금껏 볼 수 없었는데, 나무 한 그루 없는 휑한 터가 저만치 눈에 들어옵니다. 저긴 뭐죠? "오래된 절터인데, 산약초꾼들이 움막을 치는 경우가 있어 가끔 단속 나오는 곳입니다." 아무리 참혹한 격랑을 격은 사지(寺地)라도 주춧돌이나 기와 조각 하나쯤 남는 게 보통인데 여긴 그야말로 맨땅입니다. 그마저 흙이 되고 바람이 돼 버린 것인지. 양지녘 고만한 터엔 초겨울 바람만 지납니다. 1박 2일, 특별한 예찰을 마치고 공원 안에 담담히 선 무명용사의 탑을 잠시 찾아 여쭈었습니다. "지금 계신 곳은 집이신지요?"

바람, 8월

주색놀음

"만차입니다. 더 이상 올려 보내지 마세요." 주차장 실황을 직원들끼리 주고받는 무전기 소리입니다. 아침 7시 채 안 됐는데 산에 가장 가까운 주차장이 벌써 꽉 찼습니다. 그 여파로 산으로 향하는 도로 정체도 극심해져 오 리 길 이동하는 데 서울서 일본 가는 비행시간 정도입니다. "지금부터 중간 주차장으로 유도합니다. 안내판 세워 주세요." 상황을 전파하고 무전기 키를 놓는 순간, 득달같이 답신이 날아듭니다. "여기도 만차입니다. 하부 주차장으로 안내하겠습니다." 그렇게 수신하고 1시간 지났을 무렵, 주차장은 물론 인근 야영장의 자투리 공간, 초등학교 운동장까지 더는 차 한 대 세울 공간이 없습니다.

이 시각부터는 알아서 공터를 찾든, 차도와 인도에 걸쳐 개구리주차를 하든, 그도 저도 아니면 한산한 시내로 차를 돌려 탈출을 하든 전적으로 탐객의 몫입니다. "이따위밖에 못 하냐?" 욕먹고 멱살 잡혀도 어찌할 바 없습니다. 죽도 밥도 아닌 주차장을 밤새 뚝딱 만들 수는 없는 노릇이니까요. 그렇게 답답한 심정으로 도로에 섰을 때, 등 뒤에서 이야기 소리가 들려왔습니다. "여긴 아직도 이래. 십 년 전하고 달라진 게 없어.", "그러게." 개구리 주차된 차들을 손가락질하며 꼬집는 일행들 간 대화였는데 순간 내가 미안했습니다. 따지고 보면 그렇게밖에 주차할 수 없었던 탐객도 딱하고, 탓하는 말도 틀리지 않았으니까요.

이런 북새통을 일으킨 단풍은 그러거나 말거나 온 산을 화려하게 분칠하고, 그 맛을 탐하려는 꾼들은 봉우리로, 계곡으로 이른 아침부터 주색(朱色)에 빠져듭니다. 시골 장날보다 더한 혼잡이 오후 들면서 얼추 갈무리될 무렵, 정체는 한 차례 더 벌어집니다. 이번엔 주차장, 도로 아닌 산길이고, 방향도 산 아래쪽을 향하지요. 임박하는 어둠에 쫓겨 주색놀음을 접고 하산하는 취객들 줄이 산길에 끝이 없고, 더딘 움직임은 한 마리 알록달록한 애벌레 몸짓입니다.

"어두워 길을 못 찾겠어요. 랜턴 없는데 어떡해요.", "일행이 발목을 삐었습니다." 도움을 청하는 전화벨이 울리기 시작합니다, 레인저들은 그때마다 길을 거슬러 취객과 동무하며 하산하거나, 부상자를 들쳐 업고 비탈길을 내려옵니다. 서로는 미안해서 또 힘겨워서 몸과 마음이 흠뻑 물들며 말이지요.

늦가을도 한겨울

늦가을 높은 산은 가을 아닌 한겨울입니다. 이른 봄도 매한가지입니다. 해발 높이 백여 미터마다 기온이 1도 정도 차이 나는 게 일반적인 데다 느닷없이 가랑비나 눈발이라도 흩날리면 혹한의 절기로 돌변해 위협적입니다. 십일월 초, 한낮 고봉의 기온이 영하 2도 내외로 그리 가혹한 추위는 아니었지만 초속 17m를 내달리는 칼바람이 끔찍하고, 서너 시간에 걸쳐 시간당 2mm가량의 안개비가 뿌린 날입니다.

산길에 탐객이 쓰려져 있으니 도움이 필요하다는 전화를 급히 끊고 세 시간 거리의 고갯길을 치달려 구조대가 긴박한 현장에 도착했습니다. 하지만 건장한 청년이 맞닥뜨린 심신의 상태를 역전시킬 수는 없었습니다. 청년의 가슴을 눌러대는 대원의 호흡이 가빠질수록 그의 의식은 점점 흐려지고 몸은 굳어졌지요. 청바지, 운동화가 축축이 젖은 상태로 미루어 저체온으로 인한 쇼크입니다. 산행에 앞서 도시의 가을낭만만 생각했지 고봉의 혹한과 예기치 못한 비를 가늠하고 채비하지 못해 벌어진 허망한 멎음이었습니다.

다급했던 구조가 그렇게 덧없이 끝나고 대원들이 들것에 붙어 비탈길을 조심스레 출발한 지 채 한 시간 지났을 무렵. 119로부터 개략적인 실황 설명과 함께 협조 요청이 또 이어집니다. 청년이 쓰러진 지점에서 산군의 최고봉을 넘어 십 킬로미터쯤 떨어진 탐로, 산중 가장 험하고 긴 탐방 코스의 중간쯤에 두 사람이 아슬아슬한 상황에 직면했습니다. 체력 소진과 저체온으로 인한 극한의 사경. 또 다른 구조대를 급파해 사선 쪽으로 고꾸라지기 직전의 두 사람을 칼날 능선에서 만났습니다. 중년의 이들은 부부였습니다. 응급 처치를 마치고 공룡의 등줄기 같은 능선길을 벗어나려 함께 악썼지만 부인은 심정지, 남편과 서럽게 이별했습니다. 어쩜 오늘은 두 분이 결혼 27주년을 자축하는 산행이었을 수도 있고, 뭔가를 새롭게 다시 시작하자는 다짐의 탐방이었을 수도 있었을 겁니다.

높은 산의 날씨는 치명적으로 웅크리고 요동합니다. 예측불허의 성깔만큼 신비와 위험이 늘 교차합니다. 철저히 준비해도 완벽히 안전하지 않습니다. 그런 만큼 들기에 앞서 한껏 의심하고 들어서도 눈치 살펴야 합니다.

겨울 채비

벌써 벌거숭이 나무만 우두커니 적막합니다. 여름밤 전원주택 외등에 꼬이는 나방들처럼 한 달 넘게 주색에 빠졌던 소란스러운 객들도 더는 보이지 않습니다. 명절 연휴 끝 고향집 분위기입니다. 이즈음 가장 감동적인 야생은 발 빠른 어느 동물보다 움직이지 못하는 나무입니다. 오색 빛깔 화려한 순간, 살포시 내린 제 씨앗이 들이닥칠 한설에 상하지 않을까, 서둘러 잎을 떨궈 덮고는 칼바람이 후려쳐도 꿈적 않고 맨몸으로 제 새끼를 지켜 내니까요.

야생이나 사람이나 높은 산에서는 한세상 같은 시간을 살아갑니다. 레인저들도 급해지지요. 달달한 아메리카노 맛에 빠져 "가을 깊었구나!" 넋 놓고 지내다간 갑작스레 눈발이 날리고, 칼바람이 산장 벽을 비틀어대는 혹한에서 추위와 허기에 떨 수 있습니다. 헬리콥터가 솟구치는 순간 힘이 부치지 않게 또 너무 가벼워 값비싼 운항비가 헛되지 않도록 크기도, 모양도 각각인 짐짝들을 비슷한 무게로 항공마대에 담고, 묶느라 정신없습니다. 높이 천오백 미터가 넘는 산장에 겨울나기 필수품을 운반하느라 헬기 소음만큼 숨이 가쁩니다.

산장의 겨울 채비라는 게 주로 난방용 땔감, 탐객을 위한 비상 용품 그리고 레인저들이 겨울 동안 먹을 식량을 올리는 일이지만, 이것저것 비우고 내리는 일도 미룰 수 없는 준비입니다. 그중 하나가 똥통입니다. 뒷간 똥통을 깨끗이 비우지 않으면 겨우내 일 인분, 일 인분 얼어 올라 볼일 볼 때 살을 찌르는 꼬챙이로 자랍니다. 게다가 일단 얼면 철사 뭉치처럼 질겨서 망치로 후려쳐도 쉽게 깨지지 않지요. 그러니 웬만큼 굳고, 얼지도 않은 지금이 비울 적기입니다. "세상에 아직도 푸세식!" 깔끔한 아파트에 사시는 누군가 코를 만지며 손사래 치시겠지만 산꼭대기에서는 이 방식이 완벽한 자연친화, 제일 좋은 방법입니다.

열흘 남짓 산 벽을 때려대는 헬리콥터 굉음과 먼지폭풍 속에서 레인저들은 부산하고 힘겨웠지만 산장 구석구석 쌓인 박스, 꽉 찬 냉장고, 텅 빈 똥통을 바라보며 뿌듯해집니다. 추수를 막 끝낸 농부의 기분이 이렇겠지요. 충분히 채우고 비웠으니 곧 닥쳐들 체감온도 영하 30~40도, 눈보라 다 걱정 없습니다. 중청 위 연노랑 달빛 덮고 눈잣나무 향기 들이켜며 포근히 잠듭니다.

폭설

폭설입니다. 낡은 운동화에 벙어리장갑 끼고 얼음천국 계곡에서 썰매를 타던 날들, 토끼 쫓는 삼촌을 뒤따라 헤매던 그때와 똑같이 시린 하얀색, 밤새 내렸습니다. 지붕 위에 쌓인 눈이 제 무게를 견디지 못하고 미끄러져 창문을 가립니다. 삼십여 년 만에 최고 적설입니다. 도시에서 눈은 피하고 싶은 교통 불편과 아련한 추억 사이쯤 존재로 여겨지지만 자연 속 누군가에겐 아득한 과거와 매한가지 고난, 누군가에겐 더없는 환호의 시간입니다.

수십, 수백 년 고비를 넘긴 거목들이 폭설의 무게를 더는 이겨 내지 못해 "딱" 외마디 소리 지르며 널브러지고, 볕 좋은 어디쯤 한 움큼 똥 아니면 존재조차 눈치챌 수 없는 산양이 배고픔에 취했는지, 공포에 질렸는지 사람의 길 저만치서 헤맵니다. 그야말로 버텨내는 녀석들만 살아남는 적자생존, 원시의 시간입니다.

눈세상을 찾는 방문객들도 무릎이 빠지는 인도를 외면한 채 간간이 들고 난 차들로 다져진 도로 위를 위태롭게 걷습니다. 하룻밤 새 모든 질서와 경계가 사라졌고, 온갖 시끄러움과 어이없음도 묻혔습니다. 눈부시게 흐드러진 겨울꽃 터널 밑, 탐로에 수북한 눈을 떠내 사람의 길을 다시 열어야 합니다. 눈삽을 하나씩 든 레인저들이 징검다리 돌처럼 점점이 서서 한 삽, 한 삽 눈덩이를 퍼 내던지며 길을 헤쳐 나갑니다. 지금 내가 선 자리에서 앞에 자리한 동료의 위치까지가 내 몫입니다. 그렇게 삼십 미터쯤 구간의 눈을 다 걷어 내고, 이내 줄 맨 앞으로 나가길 되풀이하며 십 리 채 안 되는 길을 여럿이 엽니다. 수행같이 반복되는 몸짓에 턱까지 숨이 차오르고 몸에선 김이 피지만 쌓인 눈만큼이나 기분은 상쾌합니다.

말투로 미루어 멀리 아시아 남쪽에서 온 듯한 여행객들이 우리 뒤를 따르며 눈더미에 엎어지고 뒹구느라 축제가 벌어졌습니다. 까르르~ 까르르~ 한바탕 장난이 씩씩거리며 쳐다보는 레인저들을 웃게 합니다.

변산바람, 3월

어쩔려구

어떤 것은 지나치게 고급지고 또 어떤 것은 육중한 벽돌을 층 층 쌓아 지었습니다. 차량 출입이 가능한 곳이든, 산중 깊은 위 치든 차별된 특성이 별반 느껴지지 않습니다. 산중 공사는 몸값 비싼 헬기 아니면 운반이 어려워 자재의 종류가 단순하고 가벼 울수록 알맞고, 장식과 모양새에 치중하기보다 오수 정화, 프라 이버시 보호라는 기능에 충실해야 아름다운 탐방시설인데 말이 지요.

산중 풍경이 제아무리 삼삼해도 급할 때 누구나 찾아 근심을 시원스레 해결하는 화장실, 나도 들렀습니다. 어느 곳이 더 멋들 어지게 지어졌는지 얼마 전 경진대회에 나가 큰 상을 받은 건물 입니다. 길 지나다 언뜻 바라보면 아담한 카페로 착각할 만한 훌 륭한 건물이지요. 들어서니 모든 마감재가 역시나 산뜻 그 자체 이고, 등빛들도 참으로 은은하고 따뜻하게 느껴졌습니다.

"오셨어요." 청소를 담당하시는 여사님이 가볍게 맞아 줍니다. 아직도 좌변기 쓸 줄 모르는 분들이 있는지 발을 딛고 볼일 보 는 경우가 잦다며 청소에 열심입니다. 그런데 쌈박한 타일이 드러나야 할 바닥이 온통 흙과 눈이 뒤섞인 가마니, 부직포 조각들로 덮였습니다. "아이고 난리도 아니에요. 아무리 마대로 닦아도 돌아서면 흙바닥이지 뭐예요. 다들 흙, 눈 묻은 등산화 신고 오시잖아요. 타일이 워낙 미끄러워 뇌진탕 걸릴 뻔했다고 싫은 소리하시는 분들도 많아요. 그러니 이렇게라도 해야 안 자빠지지요.", "네, 그렇지요.", "어쩔려구 이렇게 자꾸 짓는지……."

DNA

숲과 나무는 다 예쁘지만 산등성이 볕 좋은 곳에 자라는 소나무들의 자태는 특히 늠름합니다. 제 멋대로 앉은 바위틈을 비집거나 고운 마사토를 둥지 삼아 나름의 모양새로 우뚝 섰지요. 그들 곁에 앉아 저 멀리 산 풍경을 바라보고 지나는 바람을 들이키는 잠시 쉼은 더 없는 맛이자 행복입니다. 삼복, 엄동설한 이겨 내며 수십, 수백 년 진초록 빛깔을 뿜어대는 그 끈기와 광채가 그저 그런 삶을 이어온 내 흔적들을 이따금 돌아보게 합니다. 스승님 같은 그 품에 끌려 다시 그곳을 찾았습니다. 그런데 이게 웬 해코지, 몇 그루 주변 땅이 깊게 파 재껴져 둥글게 고랑이 생겼고, 뿌리와 가지 여기저기 잘려 폼이 성급니다. 하루, 이틀에 걸쳐 벌어진 폭행이 아니고 오랜 시간을 갖고 한 짓거리입니다. 나무의 덩치를 야금야금 줄인 뒤 분재를 떠 목도나 인력거를 이용해 공원 밖으로 반출하려는 고약한 정성입니다.

이런 어이없음은 비단 오늘, 이곳만의 일이 아니고 전 공원에 걸쳐 이따금 벌어지는 훼손입니다. 반드시 근절돼야 하지요. 곁에 붙어 밤낮 숙식을 해결할 노릇이 아닌지라 사전에 단념시킬 방안을 고민하고 혹 벌어진 뒤라도 꼭 잡아야겠다는 각오를 다집니다. 나무마다 인식표를 붙이면 막을 수 있을까. 비밀번호 설정하듯 껍질을 후벼 유별난 생채기를 내면 그것을 증거로 잡을 수 있지 않을까. 한동안 좌고우면해 보지만 묘수가 떠오르지 않습니다. 게다가 어찌어찌 잡는다 해도 몹쓸 작업을 마치고 표식을 뗄 때 버리거나 상처를 완벽하게 변형시켜 '나 아니다.' 험하게 잡아뗀다면 도둑과 주인이 뒤집힐 수 있는 상황, 참담함을 견뎌 내야 합니다.

몇 그루 나무가 제자리에서 결국 황망히 사라졌습니다. 탐문을 해 가며 모래밭에서 바늘을 찾듯 공원에 가까운 곳부터 의심 가는 장소를 조심스레 방문해 샅샅이 뒤져 나갑니다. 그러던 어느 날, 찍어 둔 사진을 꼭 빼닮은 나무를 한 농원에서 발견했습니다. 불법반출 여부를 물으니 "증거 없이 생사람 잡냐." 상기된 낯빛으로 역시나 펄쩍 뜁니다. 사장님을 특정한 게 아니고 여차한 일이 벌어져 곳곳을 확인 중이라는 말을 뒤로 물러났습니다. 그리고는 몇 날 지나지 않아 드디어 범인을 잡았다는 확신에 차 경찰에 협조를 구해 함께 그 집을 다시 찾았지요. "사장님, 이 사진 이 나무와 생김이 흡사하지요?", "이 양반아 여기 저기 다르잖아 뭐가 똑같아?", "네, 좋습니다. 그럼 이거 한번 봐주시죠. 능선에 자라던 소나무의 잎입니다. 그리고 이건 저 나무에서 그날 제가 몇 가닥 뽑아 갔던 잎이고요.", "그래서 그게 뭐 어쨌다고." "분석 결과 DNA가 일치한다는 공인기관의 감정서입니다." 옆에

선 경찰이 몇 마디 말을 더 보태자 "미안합니다." 그는 무너졌고 일련의 사건도 끝났습니다.

애태우는 사랑

삭은 잔가지 토막을 뻔질나게 나르더니 거목의 잎이 다 질 무렵 고만한 뭉치의 까치집이 완성됐습니다. 땅바닥과 나무꼭대기를 몇 번이나 오갔을지 녀석의 부단함과 정성이 부럽습니다. 산덩이를 통틀어 제일 높은 봉으로부터 적당히 떨어진 위치에 짓는 산장도 어미까치 같은 부단함으로 준공됐습니다. 깔딱고개를 지나 오 킬로미터 족히 넘는 산길을 한 레인저가 오십여 차례 넘게 오르내리며 참견한 결과입니다. 그날이 벌써 삼십 년이 지났다니 시간 참 빠릅니다. 그동안 몇 차례 보수를 해 가며 버텨 왔지만 흐르는 세월과 함께 심하게 낡은 데다 제 역할에 대한 세간의 관심도 달라져 새 집을 지을 시절인연이 찼습니다.

새 건물은 기존보다 규모는 더 작고, 기능도 산객을 위함보다 기후와 식생의 변화상을 관찰하는 역할이 주입니다. 집을 짓는 정성은 까치와 우리가 별반 다르지 않는데 절차는 사뭇 다릅니다. 집터와 착공시기를 녀석은 마음대로 선택할 수 있지만 우린 관계기관의 허락을 얻어야 하니까요. 기존 것을 헐어 내고 그 자리에 고만한 건물을 짓기 위한 예산은 벌써 끌어왔고, 상세 디자인이 한창 진행 중인데 건축을 관리하는 허가청이 "우리다.", "아니다. 우리다." 땅의 경계를 두고 군청 간 옥신각신하는 난제가 일었습니다. 대문짝만 한 기사가 연일 신문에 뜹니다. 과거에 분명 갑군의 허가를 득해 지었고, 지금껏 건물은 변함없이 그 자리에 섰는데 담당 관청이 더 이상 갑군이 아니라 이제부터 우리 을군이라는 주장이 불거진 겁니다.

사업을 지체하거나 더 이상 미룰 수도 없는 처지인지라 쫓아갔습니다. 을군의 군수님을 방문해 주장의 근거를 여쭙고 내 형편을 말씀드렸더니, 능선 주변 경계가 표시된 결정적 고문서 하나를 찾았다 하시면서 그곳이 우리 쪽으로 정정되는 게 당연하다고 호쾌히 말씀하십니다. 그러니 관련 서류를 제출하면 바로 처리하겠다고 말이지요. 이내 갑군으로 부리나케 달려가 군수님을 뵙고 예산집행이 늦어지면 제 입장이 곤혹스러워지니 허가신청서를 저쪽 군에 제출하더라도 의리 없고 괘씸한 놈이라 여기진 말아 주세요. 하소연했더니 을군이 잘못 판단하고 있다며 예나 지금이나 당사자는 우리라고 차분하게 말씀하십니다.

결국, 양편 실무자들 그리고 우리 측 직원들까지 합세해 삼각관계로 뒤엉켜 치열한 법적 공방을 벌이면서 시간은 속절없이 흘렀고, 그럴수록 철거와 신축을 위한 시도는 예측하기 힘든 수렁으로 빠져들었습니다. 평소 두 군수님을 존경하고 형님처럼 생각하며 관계하던 터라 내 입장이 참으로 난감했지요. 명성이 전국적으로 자자한 미인봉을 놓고 벌이는 두 분의 치열한 열정과 사랑이 기습하는 태풍을 어미까치가 울먹이며 주시하듯 나를 몹시 애타게 했습니다.

매화말발도리, 5월

탑

발령이 났습니다. 지금껏 여러 차례 겪으며 세간살이는 벌써 간소해 이삿짐 챙기는 수고와 시간보다 지인들에게 작별 인사를 전하는 게 큰일입니다. 읍내 여기저기 들러 한동안 관계를 맺은 분들에게 인사를 마치고, 눈 쌓인 고갯길을 차로 조심스레 올라 새하얀 산군이 바다처럼 펼쳐지는 산집을 마지막으로 찾습니다.

부드럽고 재미있는 어른 중 한 분으로 기억될 스님을 뵙고 "떠나게 됐습니다."라고 했더니, 진지함을 미소로 한껏 감싸 말씀하십니다. "소장님 얼굴엔 늘 웃음이 많습니다. 참 좋아 보입니다. 떠나기 전 저 아래 산집에 들러 발원하시고, 임지 가서도 그곳에 있는 큰 절집을 꼭 찾으세요. 일이 그럼 다 잘될 겁니다. 직원들과 차도 자주 하시고요.", "네, 그리하겠습니다." 서운한 마음을 다독이며 가배향, 솔향 뭉근한 방을 나와 말씀하신 아래 사찰을 어두워질세라 서둘러 찾아 합장했습니다. 마음이 한결 고요해졌지요. 그런데 내내 걸리는 게 하나 있었습니다. 말씀 중 "얼굴에 웃음이 많다." 하신 구절이 마음 바탕에서 거듭 불쑥댔으니까요. 지금껏 내 얼굴에 주름을 새기고 색을 칠한 세월의 결은 여유나 만족보다 조급함과 부족함이었는데……. 스님의 혜안이라면 모두 읽고도 남을 것이거늘 어찌 그리 말씀하셨을까? 그래, 앞으로는 꼭 그리 살라는 뜻이구나!

새 임지에 짐을 푼 지 며칠 지나지 않아 말씀하신 두 번째 절집을 향해 오릅니다. 이십 리 족히 넘는 깔딱고개 끝, 엄밀하게는 집 아닌 탑입니다. 저만치 앞서 누군가 홀로 길을 걷습니다. 허술한 옷차림으로 미루어 겨울 산 맛을 만끽하기 위해 이곳까지 나선 것 같지는 않고 분명 내가 목적하는 그곳으로 향하는 모양새입니다. 무겁게 가슴에 품은 소망 하나, 간절히 고하기 위해 말이지요. 손에 들린 굽은 나무 작대기만이 할머니의 고된 발걸음을 돕습니다.

숙제 같았던 말씀을 다 이루고 내려오는 길, 환하고 넓은 계곡에 연둣빛 물줄기가 가늘게 이어지고 대야, 접시만 한 돌들이 지천입니다. 그 돌밭에 고만고만한 돌탑들이 셀 수 없이 눈에 들어옵니다. 세간에 간절한 바람이 이리도 많았던 걸까요. 식구 모두무탈하게, 대학 붙게, 좋은 짝 만나게……. 세상의 모든 간절함이 탑이 돼 섰습니다.

제아무리 절절히 쌓은 탑도 시절이 차 시뻘건 황톳물이 굽이치면 예외 없이 허물어집니다. 하지만 결코 끝이 아닙니다. 이내급류가 잠잠해지면 어느 취준생이 이곳을 찾아 제 꿈에 걸맞은

받침돌을 놓을 거고, 꼬부랑 노인은 반듯한 돌 하나 얹고서야 산
길을 이어 가실 테니까요. 여기 탑들은 그렇게 늘 무너지고 솟습
니다.

2편

단상

넉넉한 자연, 쪼잔한 레인저

자연공원

생명의 에너지를 쉼 없이 발산하는 시원, 원시라 버겁고 때론 위협적이지만 그만큼 경이로운 터, 자연공원입니다. 이곳의 빼어남이 과연 어느 정도이고, 찾아드는 방문객의 태도가 어때야 하는지는 법이 그나마 설명합니다. 하지만 우리가 숲이나 바다를 시시로 찾을 때 산, 바다에 관한 법률을 사전에 꼼꼼히 살펴보는 것도 아니고, 대충 훑어보는 배려조차 귀찮아하는 것 같아 잠시 집겠습니다. 자연공원은 야생 주인, 사람 손님인 곳입니다. 그 품에 드는 누구나 예외 없는 객, 합당한 예를 갖춰야 하는 곳입니다. 반면 도시공원은 다릅니다. 사람을 중심에 두고 인간이 꾸민 곳이지요. 공원이란 글자는 같지만 지정과 돌봄의 이치가 나름입니다.

자연공원은 감탄 그 자체입니다. 한 치 땅속의 깨알만 한 풀씨와 껍질 얇은 어린 나무가 혹한, 칼바람이 몰아쳐도 아무렇지 않고, 털 많은 생명들이 태양의 열화살을 무탈하게 넘깁니다. 그물을 놓는 거미든, 그 줄에 걸린 비단벌레든 나쁜 놈, 불상한 녀석으로 나뉘지 않습니다. 한 포기 풀조차 잡초라 무시당하지 않고 생명이 깃든 꽃이든, 무심의 바위든 평등하지요. 갯바닥을 기는 망둥이도 대양을 쏘다니는 다랑어와 똑같이 자유를 만끽합니다. 지구의 중력과 별들이 밀당하는 힘에 따라 낮, 밤 요동치는 날씨에 순응하며 각자 또 함께 진화합니다. 신비와 기적을 한없이 발산합니다.

게다가 열린 공간입니다. 누구든, 언제든 다가갈 수 있습니다. 내 땅이든, 네 것이든 상관없이 말이지요. 연초록 산색, 짙푸른 물빛이 그리워 몸살 날 때, 집값 고민에 영혼이 부서질 때, 반도체 연구가 잘 풀리지 않을 때, 우리 사는 오늘의 세상이 서글플 때……. 괜찮으니 무시로 찾아 기운 내라고 마련된 모두의 고향, 쉼터입니다.

도시는 매사 잘잘못을 따지기에 별별 규칙을 만들고 일이 터지면 그 틀에 빗대 이쪽 피해, 저쪽 가해로 잣대질하는 태도가 다반사입니다. 그런 습성이 몸에 밴 우리는 야생, 자연공원에 들어서도 딱한 마음에 누군가, 무언가를 이따금 편들러 하는데 그러면 안 됩니다. 온전한 모양새, 지극한 조화를 해코지나 파괴로 오판하는 잘못이니까요. 자연공원은 완벽합니다. 우리의 간섭이 없을수록 스스로 존재합니다. 저 하늘 넘어 별들의 시공간, 은하처럼 말이지요.

집착

　자연공원 중 으뜸이 국립공원입니다. 지구의 겉껍질을 훑어 신의 땀과 정성이 가장 신중하고 고단하게 배인 곳입니다. 태고 의 멋과 맛이 무성한 이곳을 모두의 안식처로 준비하면서 우리 가 한 일이라고는 신이 만든 대작에 경계선 한 줄 긋고, 이름표 하나 붙이고, 건물 몇 동 세운 게 전부입니다. 그래서 신의 작품 을 가로챈 듯한 국립(國立)이란 이름보다, 수시로 감상하되 겸허 히 지키겠다는 다짐에서 국정(國定)이란 명칭이 더 어울리는 곳 입니다.

국정공원은 야생의 극상이라는 격에 걸맞게 늘 고상하고 싱싱한 자태로 제자리를 지키지만, 부동산 1번지 강남보다 핫한 곳입니다. 각자 입장에 따라 이해가 언제나 첨예하고 이따금 충돌합니다. 쉼의 시간을 갖기 위해 잠시 찾아드는 산객들에게는 고스란히 나만의 공간이지만, 약초꾼들에게는 옛날부터 산약초밭이고, 자연지킴이들에게는 반드시 지켜 내야 할 생명의 서식지입니다. 사랑꾼들에게는 구석구석 오르고 걷고 싶은 이름난 명산, 바다지만 땅 주인들에게는 누가 뭐래도 내 땅이지요. 모두를 위한 국정공원이지만 그렇게 나만의 사랑입니다.

나름의 잣대를 들고 세간의 관심을 쫓아 순위 매기기 좋아하는 경제지, Forbes가 산과 사막, 바다를 아울러 3,500곳 넘는 세계의 국립공원 중 감탄의 짱, 열두 곳을 언급한 기사가 있었습니다. 오세아니아의 카카두와 피오르드랜드, 남아메리카의 토레스델파이네와 마누엘 안토니오, 아프리카의 세렝게티 그리고 여기 셋, 저기 둘, 중국의 계림 리장과 일본의 후지 하코네 이즈였습니다. 혹시나 했지만 우리 국정공원의 이름은 볼 수 없었습니다. 네, 어떻습니까. 우리 국정공원은 분명 신의 걸작이고, 모두의 본능적 집착인데.

탐방

　이제 향긋하고 맛깔난 산해진미가 흐드러진 자연을 한껏 탐하는 탐방에 관해 생각해 봅니다.

산중 절집엔 안거라는 게 있습니다. 스님들 수행의 한 수단인데 여름, 겨울에 석 달 남짓씩 하안거, 동안거에 듭니다. 글의 뜻은 '편안히 머문다.'지만 산문 밖 출입을 끊고 하루 대부분의 시간을 선방에 앉아 물아(物我)의 틈새를 정진하는 겁니다. 그렇게 부단한 좌선 중에도 잠시 숲속을 거니는 여유를 갖는데 스님들은 이를 포행(布行)이라 부릅니다. 그러니까 포행은 무뎌진 감각을 깨워 혼과 몸의 기력을 추스르는 과정이라 할 수 있습니다, 그런데 깨달음에 이르는 길이 꼭 앉은 자세로만은 아닐 터, 포행 중에도 득도의 순간이 열려 있을 거란 믿음이 생깁니다.

평범한 우리도 너나없이 정진하며 삽니다. 이른 아침, 늦은 오후 버겁게 일어나 일터로, 학교로 다시 집으로 하루하루 최선을 다합니다. 엄마, 아빠로서 또 직장인으로서 멋지게 서기 위해 집중하고, 힘겨운 공부가 자신의 미래는 물론 세간의 일상도 더 좋게, 아름답게 바꿀 것이라는 확신에서 늦은 밤까지 몰입합니다. 우리의 이런 정진이 산중 안거에 드시는 스님의 경지와 같다 할 수는 없겠지만, 무너지고 흩어진 힘을 다시 모으기 위해 자연의 속살을 걷는다는 점과 선방 같은 일터나 교실 밖에서도 통찰의 순간이 가능하다는 당연에서 우리의 야생 탐방(耽訪)은 스님들의 포행과 많이 닮았습니다.

숲속 호수 위를 조각배 타고 떠도는 여유, 온 신경줄과 잔근육을 깨워 아찔한 얼음벽을 기어오르는 집중, 탐방입니다. 저 멀리 첩첩 산군과 옥빛 바다가 한눈에 펼쳐지는 산등성이를 걷는 사람, 야생의 고운 빛깔과 낯선 소리에 끌리고 홀리는 사람, 모두 탐방객입니다. 우리 혼신의 모든 감각을 야생 깊이 담그는 쉼, 전율의 순간을 체험하는 시간이 탐방입니다.

넉넉한 자연, 쪼잔한 레인저

고사목

　고사목은 죽은 나무입니다. 그런데 야생의 터 어디에도 죽은 나무는 없습니다. 이곳에서 삶과 죽음은 흐르는 물, 영속되는 시간과 같아서 가를 수 없기 때문입니다. 진귀한 목걸이에 꿰어진 하나하나 구슬처럼 봄, 여름, 가을, 겨울이 영롱한 제빛을 연이어 발하고, 그 기운 아래 존재하는 모든 것들이 뭉치고 흩어지는 꼼지락만 쉼 없이 연속될 뿐이지요. 이 경이로운 고리에서 쓸모없는 마디는 하나도 없습니다. 소백산 고사목(枯死木)에 핀 눈꽃의 멋은 곰배령에 피어난 산꽃과 똑같이 싱싱하고 황홀합니다. 그래서 자연의 속살에 들어 '죽었다.' 단정 짓는 태도는 도시적 편견이고 위험한 얕음이지요.

　몸 둘레 세 아름 족히 넘는 전나무가 거센 비바람을 견디지 못해 쓰러졌습니다. 게걸음으로 통과할 수 있을 만큼의 틈새를 두고 산길에 가로누웠습니다. 이파리는 아직 초록빛을 띠지만 시간이 흐르면서 점점 붉어지고, 섰을 때와는 또 다른 에너지를 마술같이 발할 겁니다. 큰 덩치는 여느 야생들의 보금자리가 되고 할미꽃씨도 틔워 신비스런 봄을 알릴 겁니다. 녹록치 않은 야생에서 거목으로 자라 대견하다. 여기 누워 고맙다. 예찰 중 처음

만나 토닥토닥했습니다. 덩치가 워낙 커 밑 틈을 기거나 얼기설기 사다리를 걸치고 넘으면, 길 지나는 산객들도 야생의 참맛을 온몸으로 느낄 수 있겠구나! 기분 좋았습니다. 혹 나이 어린 등린이가 이 길을 지난다면 소설 속 '큰 바위 얼굴' 같은 존재로 평생 기억될 수 있겠다 싶었지요.

한 달쯤 지나 그곳을 다시 찾았습니다. 그런데 누운 거목이 보이지 않습니다. 주변을 살피니 후미진 곳에 잘게 토막 난 채 쌓였습니다. 길 가는 산객들이 불편해하고 안전도 걱정돼 마음 곱고 부지런한 레인저가 전기톱으로 잘라 치운 거였지요. 톱밥이 혈흔인 양 여기저기 널렸습니다. 자연공원을 찾은 탐객들이 특별한 체험을 하고 영감을 얻어 갈 수 있는 멋진 마디 하나가 '고사'라는 편견으로 야생에서 내팽개쳐졌습니다. 누워 있어 위협도 아닌데 말이지요. 새겨야겠습니다. 야생은 곧 불편이고 불편은 우리가 그곳을 찾는 이유인 데다, 날것이기에 안전도 절대가 아니란 당연을 말이지요.

생김과 성깔

감탄만큼 위험한 곳이 자연입니다. 야생의 매력에 빠져 질러 대는 탄성의 시간, 사고도 웅크립니다. 찾아드는 누구나 안식과 위험 사이를 걷습니다. 아찔한 절벽 끝에서 인생 샷 한 장 건지 겠다고 발레리나로 서고, 얼음과 눈투성이 칼날 고봉을 아이젠 없이 오르는 돈키호테처럼 자신의 운을 무모하게 시험했구나! 아니면, 혹여 지울 수 없는 아픔에서 영원히 벗어나기 위해 처절 한 기도의 순간을 택해 그랬을까! 어이없고 끔찍한 산악사고가 터질 때마다 짐작만 해 봅니다.

사고는 방심과 무모함이 도를 넘을 때 그 정도에 비례해 벌어집니다. 산객의 건강, 탐방정보 숙지도, 날씨, 땅의 생김새 등은 사고의 참혹함을 키우는 조연에 지나지 않습니다. 크고 작은 사고는 탐방로든 아니든, 계절과 낮밤 가리지 않고 터집니다. 떨어지는 돌이나 나무에 의한 충격, 추락, 맹수의 공격 같은 외부적 요인에 의한 사고가 탐방로 밖에서 일어난다면 위험에 스스로 입 맞춘 탐객의 잘못이 상당하겠지만, 적어도 탐방로에서는 그런 사고가 일어나서는 안 됩니다. 탐방동선을 적절히 계획하고 나름 다듬어 '여기 안전하다.' 낸 산길이 탐방로니까요. 그런데 사고는 탐방로에서도 벌어집니다.

어쩌다 참혹하게 터지는 탐방로 상 사고를 막기 위해서는 드러난 야생의 위협을 우악스레 깨고, 뚫고, 콘크리트 쳐대면 피할 수 있겠지만 자연의 본상이 그만큼 파괴된다는 고심이 있고, 살아 움직이는 야생 속 위험을 가늠만 해 볼 뿐 솔직히 그 누구, 그 어떤 장치도 그 크기를 정확히 알지 못한다는 당혹스런 진실을 부인할 수 없습니다.

야생은 제 생김과 성깔대로 꿈틀대고 웅크립니다. 그런 만큼 완벽한 안전이란 애초부터 없습니다. '안전하다.'고 낸 탐방로도 길 바깥보다 그렇다는 상대적 안전입니다. 야생공원의 이런 불안한 현실이 찜찜하기도 하지만 꽃 피고, 단풍 들고, 눈꽃 내릴 때 안전을 새기고 꼼꼼히 채비해 찾는다면 자연은 우리에게 그만큼 순하고 경이로울 겁니다.

그까짓 거

무려 2,000㎞, 국립공원 내 탐방로 총길이입니다. 서울, 제주 간을 두 번 왕복하고도 남을 이 산길은 고즈넉한 숲, 잔잔한 물가를 지나지만 상당 부분 험한 지형지세를 통과합니다. 길의 생김이 그러니 탐객의 안전을 지키기 위한 마음에서 곳곳에 난간 (欄干)이 설치됩니다. 난간은 그래서 탐객의 머리털이 고슴도치처럼 곤두서는 순간 참혹과 안도를 가르는 최후의 보루입니다.

지친 탐객이 버거운 몸을 기대도, 어쩌다 중심을 잃고 무의식적으로 잡아채도, 난간은 그 충격을 온전히 받아 낼 수 있어야 합니다. 그것이 그까짓 거, 난간의 존재 이유이니까요. 철이든 나무든, 새것이든 헌것이든 난간으로 서 있는 한 항시 그래야 합니다. 그런데 그 기능의 중대성에 비해 관심은 떨어지는 듯합니다. 많은 부재들이 이미 삭았거나 일부 부서진 상태를 곳곳에서 볼 수 있으니 말이지요. 산객이 기대는 정도의 충격에 파괴가 의심된다면 그건 썩은 동아줄에 지나지 않아 난간으로 선 그 자체가 심각한 위험입니다. 누군가 지친 몸을 의지하려는 찰나, 추락사단이라도 날까 아찔합니다.

난간은 양면성이 있습니다. 착한 시설이자 나쁜 시설입니다. 야생의 심기까지 고려할 때 그렇습니다. 설치된 때부터 철거되는 시점까지 탐객의 안전을 든든히 지켜내지만 인근에 서식하는 일부 생명들에게는 이동을 방해하는 애물이 됩니다. 그래서 별것 아닌 난간은 디자인 단계부터 설치대상지의 생태환경에 대한 충분한 이해가 필요하고, 설치 후에도 꼼꼼한 확인이 수시로 요구되는 까다롭고 중요한 탐방시설 중 하나입니다.

병사부터 천왕까지

물은 흐르는 게 순리입니다. 아무리 거대한 댐을 세워 길을 막아도 그 끝을 넘거나 미세한 틈을 비집고 흐르기 마련입니다. 벽이 높을수록 고이는 물은 많아지고 밀치는 힘도 강해집니다. 우리 땅의 자연생태계 중심이자 비경이 즐비한 백두대간을 향한 사랑꾼들의 의지도 댐 안의 물과 다를 바 없어 보입니다. 백두 병사봉에서 지리 천왕봉까지 1,470㎞ 등마루, 위쪽 사정은 잠시 접어 두고 남쪽 구간만 약 700㎞, 그중 275㎞가 설악, 오대, 태백, 소백, 월악, 속리, 덕유, 지리산국립공원을 지납니다. 소위 산 좀 탄다는 꾼들에겐 그야말로 꿈의 길, 전 구간을 걷는 게 일생의 목표, 나름의 종교가 되는 곳이지요.

그런데 국립공원 통과 구간 중, 이백 리 채 안 되는 거리가 야생보호 차원에서 출입이 금지됩니다. 완탐(完耽)을 계획하는 사랑꾼들에게는 강의 댐 같은 곳입니다. 야생이 가련해 한쪽에선 '생태보호, 출입금지'라고 단호히 장벽을 세우지만 일대 흔적을 볼 때 많은 탐객들이 별반 개의치 않고 오가는 현실, 부인할 수 없습니다. 백두산맥에 꽂힌 누구든, 기필코 길을 나서는데 출입금지판 세우고 울타리 치며 아무도 갈 수 없다고 이따금 단속하면 어찌 될까요. 더 치밀하게 단속을 회피하거나 밤, 새벽 마다 않고 시도함으로써 애초 의도한 보호는 끔찍이 무너지고, 길 가는 탐객들의 안전도 취약해져 이도 저도 어정쩡, 모두 헛한 일이 되고 말겠지요. 소중한 야생을 지키려는 레인저도, 굳이 길 가는 탐객의 모습도 아름답지 않고 뜨거운 짝사랑과 경직된 보호의 틈에서 고달픈 야생과 색 바랜 금지판, 동강난 울타리만이 덩그러니 남습니다.

도수로가 필요해 보입니다. 평소 수자원을 저장하면서도 댐의 붕괴를 막기 위해 적당히 물길을 터 주는 겁니다. 보호하려는 특정 자연과 그들이 처한 처지를 또렷이 알리고 탐방 가능한 시기,

인원수, 방식 등을 따져 유연하게 대처한다면 모두가 당당하고
예쁜 얼굴 아닐는지요.

순수 100%

물이 산을 허물고, 평소 제 길마저 박찹니다. 최악의 태풍입니다. 억수 비와 폭풍은 동틀 무렵 멎었지만 휩쓸고 지난 상처가 널브러졌습니다. 산허리를 가르고 낸 도로는 하룻밤 새 지독한 황무지로 변했고, 짙은 초록으로 싱싱하던 산 곳곳이 황토 빛 사태입니다. 골 여기저기서 하천으로 쏜살같이 몰려든 흙탕물이 엿물 끓듯 일렁거리며 콘크리트 다리를 협박하고, 도로를 달리던 버스는 때마침 죽탕으로 쏟아지는 흙더미에 맞아 하천에 거꾸로 처박혔습니다. 안전지대라 생각했던 사무실 사정도 별반 다르지 않습니다. 앞마당 수로를 걷어차고 넘쳐난 물이 흙과 돌멩이를 쓸어 넣어 실내가 온통 취객들 싸움판입니다. 제자리에 있어야 할 것들이 죄다 쓰러지고 처박혀 무엇을 먼저, 어떻게 해야 할지 멍합니다. 이게 다 자연, 폭풍우 짓입니다.

세찬 빗줄기만큼이나 강렬한 땡볕이 쏟아지던 날, 피해 조사를 시작했습니다. 카메라와 줄자를 들고 산등성이와 계곡을 잇는 산길과 도로를 따라 동분서주합니다. 징벌 같았던 한여름 몇 날이 그렇게 지나고 늦가을이 돼서야 복구비가 내려왔습니다, 부서지고 사라진 탐방시설은 당연하고, 구석구석 무너진 산사태

복구를 다음 장마 전까지 끝내라는 조건과 함께 말이지요. 소나기 피해 돗자리 걷듯 공사를 위한 설계를 대충 마치자 중장비들이 곳곳에 분주합니다. 난리가 심할수록 꼼꼼한 생각과 치밀한 디자인, 야무진 공사는 긴급을 핑계로 늘 사치입니다.

헬리콥터로 돌을 실어 날라 사태지를 복구하고, 계곡 변 무너진 곳에 옹벽 쌓는 공사를 지켜보며 씁쓸했습니다. 탐객의 안전에 위협이 안 되는 사태지라면 그 또한 자연이 지남으로 흔쾌히 공감하면 좋을 텐데 어째서 해(害)라 억지하고 꾸미며 상처를 가하는 것일까. 복구를 위한 붕어빵 설계와 이어지는 저돌적 속도전이 딱했습니다. 현장 여건도 인부들이 들고 날 찻길, 잠잘 곳조차 없는 높고 깊은 산속이고 눈, 비 퍼붓는 날이 잦은 데다 산객들 북적이는 시절을 제외하면 안전하게 작업할 시간도 결코 충분하지 않은데 말이지요.

사람들이 엉켜 살아가는 곳, 도시의 수해를 회복하고 근본적으로 방비하려는 급박함과 공사는 이치에 맞아 수긍됩니다. 하지만 도시에서와 같은 방식과 시간의 잣대로 야생의 속살에서 벌이는 속도전은 과정과 결과의 품질을 담보하기 어렵고, 관계하는 사람들의 안전도 위험으로 내몹니다.

넓지 않아 더더욱 각별한 우리 땅, 야생공원을 휩쓰는 비바람은 순수한 자연이고, 자연이 지난 자국 또한 100% 야생입니다.

경황이 없을수록 세심해야겠습니다.

호연지기

산은 날씨가 오락가락해야 산입니다. 혹한과 눈보라, 가뭄과 비바람이 교차해야 제대로 맛이 납니다. 변화무상할수록 원시 야생의 기운도 짙습니다. 그 기운에 매료된 우리는 이따금 탐방 일정을 짜며 들뜨지만 방문은 쉽게 허락되지 않습니다. 주로 안전과 실화(失火)를 이유로 그렇습니다. 변덕스런 날씨로부터 탐객을 지키고 어처구니없는 실수로부터 야생을 보호하려는 마음, 고맙고 당연한 일입니다. 하지만 자연공원 탐방이 꼼꼼하게 채비한 만큼 위험을 스스로 회피하기도 하고 때론 극복하면서 야생과 한껏 교감하는 과정이기에 지나친 걱정이 아닌지 생각해 봅니다.

요즘은 산간에도 눈이 귀합니다. 그래서인지 밤새 '산간 눈' 예보가 뜨면 이른 아침부터 전화가 빗발치고, 대뜸 묻는 말이 "내일 산행 됩니까?"입니다. 그렇게 안달내지만 대설특보가 발효되면서 설렘은 번번이 좌절되지요. 또 흔적 없는 눈길에 끌려 잠시 들어서려 해도 산불조심 금지판과 안내자가 길을 막습니다. "라이터 없는데 잠시 다녀오면 안 될까요? 핸드폰 번호 적어 놓을게요." 해 봐도 돌아오는 건 실망입니다. 국립공원제도를 먼저 시행한 미국, 로키산맥이 위협적인 캐나다 국립공원의 경우 등산, 캠핑은 물론 배 타기, 낚시, 말 타기, 자전거 타기 등 다양한 체험들이 일정 부분 자기 책임 아래 자유로운 데 비해, 우리는 지정된 산길 걷기와 야영이 전부이다시피 함에도 날씨 형편에 따라 회, 비가 잦습니다.

들뜬 탐방이 기상 여건에 따라 가, 불가 결정되는 주된 이유는 충분히 예측되는 위험도 분명 있지만, 기본적인 주의를 무시해 벌어지는 도시재난에 데어 그렇지 않나 싶습니다. 잊힐 만하면 펑펑 터지는 허망한 재난에 질리고 지친 나머지 날것이 가득한 자연공원을 찾는 준비된 탐객의 호연지기도 절대 예외 두지 않겠다는 고집스런 다짐 말이지요. '호연지기' 단어를 쓰니 문득 생각이 스칩니다. 흘러간 대항해시대 때도 위험에 대한 우려와 예외 없다는 각오만을 고집해 단단히 채비한 도전가들의 시도를 틀어막아 결국 안주의 흑역사를 쓰게 된 건 아닌지……

날씨 형편에 따라 우리들의 탐방도 적정한 수준에서 자제가 필요합니다. 하지만 합당한 안전장비를 갖추고 불씨 없음이 확인된다면 어른다운 안내와 자기 책임하에 산길을 걷고, 야영할 기회 정도는 지금보다 여지 있어 보입니다.

야영시대

지금은 야영시대입니다. 초연결로 인한 즉시성, 촘촘해진 관계 속에서 기력이 방전된 우리는 날것으로부터 삶의 에너지를 충전하고자 삼복더위, 엄동설한 마다않고 짬을 내 도시를 탈출합니다. 햇빛, 눈빛 좋은 날엔 국립공원 야영장은 물론 어느 계곡, 바닷가조차 사람과 차들로 혼잡이 극성이지요. 일하다 보면 야영객들과 이야기를 나눌 때가 종종 있습니다. 그때마다 자연공원 내 야영장을 바라보는 시각이 크게 다름을 느낍니다. 캐나다, 미국에서의 경험을 바탕으로 우리도 야영장을 편하고 넓게 만들어야 한다고 핀잔 섞어 말하기도 하고, 한편에선 시설이 좋고 많을수록 야영의 참맛이 안 난다며 소박함을 강조하기도 합니다.

밴프(Banff), 제스퍼(Jasper) 국립공원을 방문했을 때, 그네들 야영장을 무척 부러워했던 시간이 내게도 있습니다. 가까이서 멀리서 사진을 찍어대며 그래 이게 선진이지, 돌아가면 꼭 이렇게 설계해야지 했었지요. 그런데 시간이 흐를수록 그때 생각에 의심이 붙더니 언젠가 바뀌었습니다. 지리적 접근성, 자연공원의 광대함, 야생의 다양성 등 여러 면에서 그네들과 우리의 처지가 다르고 그래서 야영장도 나름이어야 한다는 합리적 편견을 인정하게 된 것이지요.

캐나다, 미국은 땅이 넓습니다. 캐나다는 남한의 100배, 미국은 98배, 자연공원 면적도 밴프 6,640㎢, 옐로스톤은 무려 9,000㎢, 우리 국립공원 스물두 곳 전부 합한 6,726㎢와 비슷하거나 더 넓습니다. 미국의 동부 대도시에서 조슈아 트리(Joshua tree) 국립공원 캠핑장에 들리면 대륙을 횡단하는 이동과 캠핑 중 불편을 최소화하기 위해서라도 카라반, 캠핑카 같은 대형차를 선택하는 게 인지상정입니다. 그러니 야영장 내 영지, 도로, 주차장도 걸맞게 넓어야 하고 급수, 오수처리, 주유기 등 각종 편의시설도 상당수 갖춰지는 게 일반적입니다.

반면, 우리 국토는 좁습니다. 자연공원 경계가 도시에 접하거나 불과 수십 킬로미터쯤 거리에 위치하지요. 생태적 관점에서 터가 넓다는 것은 생물 다양성이 풍성하고. 가해지는 간섭도 상대적으로 낮다는 뜻과 맥이 통합니다. 이런 지리적, 생태적 형편을 고려할 때 우리 국립공원 내 야영장은 소박하고 아담하게 만들었으면 하는 쪽에 저도 한 표입니다. 물론 선진경제를 일구었고 자연 속 야영이 대중문화로 자리 잡은 요즘, 으리으리한 야영장 우리도 당연히 있어야 합니다. 야생의 피난처, 작은 섬 같은 국립공원을 피해 풍광 괜찮은 도시 근교나 호젓한 숲, 바닷가에 말이지요.

시설다운 시설 하나 없는 차보(Tsavo) 자연공원의 드넓은 초원, 그곳에 조그만 텐트 하나 치고 야생의 소리에 귀 기울이는 별밤 야영, 어떻습니까? 설렘이 일지 않나요. 나와 처지가 다른 누군가를 기웃거리고 추종하는 태도도 필요하지만, 우리의 형편을 직시하고 강토 차원의 역할분담을 통해 큰 틀에서 조화를 꾀하려는 노력, 더욱 중요해 보입니다.

넉넉한 자연, 쪼잔한 레인저

너는 나다

언젠가 남쪽의 한 자연공원을 찾았습니다. 산길 초입에 두 평 남짓한 예쁜 통나무 건물이 섰는데 건축된 지 얼마 되지 않은 듯 빛깔과 향내가 좋았고, 주변 자연과 어울림도 빼어났습니다. 그런데 비닐코팅 된 종이, 화학 판재들이 외벽에 덕지덕지, 실내엔 희끗희끗 붙어 있었습니다. 과하다 싶어 밖에 것들만 셌더니 무려 스물두 개. 길 지나는 산객들의 주의를 끌어 뭔가 정보를 알리려는 심정, 충분히 이해는 가지만 지나치게 산만해 오히려 시선을 거두겠구나. 딱했습니다. 대다수 탐객들에게 야생은 낯섭니다. 게다가 안내자 수와 탐객 수가 절대적으로 불균형한 현실, 광활하고 험한 공간, 변덕 부리는 날씨로 인해 많은 간판(看板)이 레인저를 대신해 자연의 속살을 안내합니다. 가야 할 방향, 거리를 알리는 이정표, 각별한 위험을 경고하는 주의판 등이 곳곳에 세워집니다.

정보를 담고 전달하는 방식도 나무판, 현수막, 화학판재, 전자적 발광체 등 각양각색으로 설치돼 주로 시각에 의지하지만, 요즘엔 녹음된 음성을 기계적으로 반복 발성해 청각을 통하기도 하지요. 그런데 굳이 이런 걸 왜, 여기에……. 아쉬움이 자주 생깁니다. 그래서 생각해 봅니다.

간판의 내용은 설치 목적인데 표현된 단어들이 주로 처벌, 고발, 불법 같은 쉼의 저 반대편, 날 선 사법적 냄새가 짙습니다. 경각심을 깨우려는 마음은 충분히 공감되지만 탐방이 곧 쉼이기에 자칫 거부감이 일겠구나, 우려스럽습니다. 표현은 긍정, 중립적일수록 좋습니다. 이따금 보이는 '우측통행'도 도시 아닌 야생의 한복판이기에 생뚱맞고 불용입니다.

정보를 담고 표출하는 재질과 방식은 산객보다 야생을 우선해야 합니다. 동식물에게 친숙한 소재일수록 좋겠지요. 화학적으로 합성된 독성 강한 재질이거나 발광, 파동을 내뿜는 장치들은 가급적 피해야 합니다. 밤낮없이 뿜어대는 냄새와 빛, 전파가 야생의 예민한 감각을 찌를 수 있는 데다 우리는 그 영향 정도를 온전히 가늠하지 못하기 때문입니다. 끝으로 수량과 크기인데 안내자들은 많이, 크게 설치하려는 경향이 짙습니다. 탐객의 안전이 걱정되는 곳이거나, 특별히 보호해야 할 종(種)들이 머무는 서식지일수록 그렇지요. 사고를 미리 막고 희귀한 야생을 보호하기 위한 마음인 줄 알지만 세심한 균형 맞춤이 필요합니다.

간판은 레인저들을 대리해 방문객들에게 큰 도움을 줍니다. 하지만 부정적 내용, 독한 냄새와 빛, 과도한 수량과 크기로 설치된 것들은 착한 의도와 달리 탐방의 참맛을 훼방하기도 하고 야생에게는 백해무익입니다. 간판은 안내자의 낯빛이자 말씨입니다. 영구가 아니라 모나리자, 신사를 빼닮을수록 예쁘고 좋습니다.

첨단기기와 야생

잔설을 뚫고 솟은 봄꽃에 화들짝, 요염한 그 자태를 핸드폰에 담으려 길을 벗어나는 순간 느닷없이 드론이 나타나 말립니다. "자연보호구역입니다. 들어가시면 안 됩니다." 또 새벽, 낮으로 자연공원 경계 어디든 기필코 드나드는 미운 산꾼의 발길을 돌리기 위해 설치된 동작자동감지기가 사람, 동물을 분별 못 하고 밤길 가는 노루를 포착, "탐방로 아닙니다. 출입하시면 안전사고 위험이 크고, 과태료 처분을 받습니다." 짙은 어둠 속으로 내빼는 녀석의 꽁무니를 향해 헛하게 기계음을 쏴붙입니다. 자연공원에서 어쩌다 벌어지는 현실입니다.

시간을 당겨 미래도 그려 봅니다. 자연에 드는 사람의 안전을 철저히 지키겠다고 탐객의 손목에 센서칩을 붙여 상황실에 앉은 레인저가 그의 동선을 실시간 주시합니다. 한쪽에선 이런 광경도 벌어집니다. 탐방안내소에 모인 사람들 앞에 한 철뭉치가 다가옵니다. "안녕하십니까. 예약번호 01부터 09까지 안내를 맡은 뭉치라고 합니다. 예약하신 좌표를 따라 정확히 세 시간 동안 자연생태 탐방을 시작하겠습니다." 야생들이 얼키설키 살아가는 참맛을 오감하기 위해 찾아드는 사람들의 위태로운 행동을 통제

하고, 태고의 신비 속으로 그들을 안내하는 레인저들의 미래 일상이 이렇다면 어떤 느낌이 드십니까? 저는 영화 〈아바타〉, 〈쥬라기 공원〉에서 보았던 기괴스런 숲과 끔찍한 장면이 떠올라 손사래 쳐집니다.

필요하면 무엇에든 인터넷이 장착되고, 코딩지식에 기초한 인공지능이 우리 생활 속 모든 영역에서 성과와 편리를 갈망하는 크기에 비례해 개발됩니다. 공장 울타리를 넘어 사무실, 도로, 심지어 아파트 택배에 이르기까지 첨단기기들이 속속 등장합니다. 원시 모습이 진할수록 저다운 자연공원에서조차 활용하자는 제안이 솔깃해지고 또 그런 움직임에 힘이 실립니다. 드넓은 공간 어디든, 언제든 찾아드는 수천만 방문객들을 레인저와 안내판만으로는 보듬을 수 없기에 첨단기기의 힘을 빌려 사람들의 안전을 확보하고, 그들로 인해 벌어지는 자연훼손을 막으려는 심정, 수긍됩니다.

하지만 생각해 봅니다. 이 땅에 깔린 모든 길이 과속측정기, 하이패스, 염수자동살수기 같은 교통안전 장치들이 촘촘한 고속도로일 필요가 있나! 우리 누구나 가끔은 지방도, 논밭 사이 시골길을 달리고 싶어 합니다. 그 순간 속도와 목적지는 중요하지 않습니다. 내 여정과 동무하는 풍경, 더딘 시간 속으로 오롯이 잠적하기 위한 출발이니까요. 봄비 내리고 눈이라도 날리면 속도는 느려져도 더욱 맛나 좋습니다. 성과와 목표에 치이는 일상이 이어질수록 그런 길, 시간이 오히려 간절해지고 감사합니다.

자연공원 속살에서 벌어지는 탐객의 안전사고와 자연보호라는 문제에 수시로 직면하고 첨단기기 도입 목소리가 커질수록 생각이 깊어집니다. 시골길을 진정 고속도로화 하는 게 제대로인지. 근본적 문제해결이라는 허상에 취해 여정과 느림 그 자체인 야생왕국을 해하는 낭패는 아닌지 말이지요. 날것 그대로를 찾는 탐객들의 착한 욕심, 어느 야생이 느끼는 위협 그리고 영화 속 장면들이 자꾸 교차합니다.

고려엉겅퀴, 7월

디자인

혼적을 잠시 엿보겠습니다. 우리네 생활과 오랜 시간 함께 해 온 건축, 가구. 이 유산들의 깊은 멋은 어울림입니다. 건물의 터는 볕과 바람길, 숲과 물길, 주변 자연을 꼼꼼히 살펴 택했고, 모양새와 재료도 요리조리 따진 고민과 솜씨가 처처에 진하게 느껴집니다. 한순간 그저 그런 이벤트 같은 기교의 경지를 훌쩍 뛰어넘어 자연과 조화를 꾀했던 열정의 자취입니다. 장, 농 같은 가구도 사용자의 편의는 물론 실내 공간의 형편까지 가늠해 그 멋이 아담하고 질리지 않는 데다 공간도 위협하지 않습니다. 빛깔도 은은해 눈맛 좋습니다. 당장 자연에 내놓아도 왕따 당하지 않고 본래 제자리인 양 스미는 예작(藝作)들입니다.

장인(匠人)들은 이렇게 자연의 생김새, 사람의 마음, 공간까지 두루 헤아려 터를 잡고 합당한 재료를 골라 깎고, 쪼고, 다듬어 마침내 자연을 꼭 빼닮은 건축, 가구들을 만들었습니다. 얼핏 보면 투박스럽고 삐뚤빼뚤해 도대체 치밀함은 있기나 한가? 의심 품고 째리면 그래 네가 '조화의 미'를 알겠냐. 일갈하듯 아우라가 도드라집니다.

자연공원에도 다양한 건축, 구조물들이 나름의 필요에 따라 디자인되고, 설치돼 방문객들의 쉼을 돕습니다. 주로 탐방안내소, 대피소, 케이블카, 전망대, 계단 같은 시설이지요. 도시에 지어지는 시설들이 그렇듯 자연공원에 들어서는 시설들도 내구성, 경제성, 이용자 편의 등 일반적 요소를 고려해 만들어지지만 어린이놀이터가 아이들은 물론 부모의 마음까지 헤아려 나사못 한 개, 볼트 머리 하나 각별한 정성으로 만들 듯 세심함이 더해져야 합니다. 그래야 탐객과 야생을 함께 배려하는 인공물, 진정한 탐방시설(耽訪施設)이라 할 수 있으니까요.

그렇다면 제대로 만들어진 탐방시설은 어떤 것일까요. 공학과 야생, 기술과 배려가 시설의 속성으로 알맞게 차 있어야 합니다. 산객들의 안전과 편의를 돕되 야생의 습성을 해하지 않는 디테일이 묻어나야 합니다. 앞서 엿본 어울림의 미, 최고 아닌 최적의 경지 말이지요.

야생은 사람의 글과 말을 이해 못 합니다. 어느 날 느닷없이 설치된 목책이 제 길을 막고 계단에 깔린 폐타이어 독이 눈, 코를 찔러대도 어쩌지 못합니다. 그래서 탐방시설 설계자들은 옛날 우리 장인들이 그랬듯 고민해야 합니다. 제대로 된 설계를 그려 낼 수 있어야 하지요. 우리의 유산처럼 자연 속 탐방시설이 일반적이고 물리적인 한계를 극복하고 야생 속 작품으로 스미길

바래 봅니다.

복수, 3월

지지지

햇살 앉고 바람 지날 여백을 신상들이 빠르게 차지합니다. 장롱, 서랍마다 벌써 꽉 찼습니다. 오늘 들이고 내일 버리는 분주함, 가히 파티에 취한 일상입니다. 옷, 가방, 전자제품, 핸드폰, 가구……. 우리 일상과 함께하는 수많은 용품들이 '쓰임'이라는 본래 역할에서 돌변해 어느새 각자 신분증이 됐습니다. 그러니 물건의 기능은 거기서 거기, 자존심 구기지 않으려면 나도 바꿔야 합니다. 남의 눈에 비춰지는 게 곧 나니까요.

새것, 화려한 것 다 좋습니다. 하지만 진지하게 생각해 보면 시그니처 신상, 올 뉴 브랜드, 그 어떤 용품이든 근원적 산지는 공장 아닌 자연입니다. 우리는 서로에게 값을 치르며 물건을 주고받지만 진짜 주인은 야생인 것이지요, 그런데 우리는 물건값을 주인에게 준 적이 이제껏 한 번 없습니다. 소도 잡아먹는다는 외상이었지요. 해서 한 줄 양심에 기대 격(格), 격품에 관해 생각해 봅니다. 格은 '똑바로 자란 나무'라는 뜻이고, 똑바로 컸다는 것은 '당당하다', '합당하다'는 의미일 겁니다.

선물로 시계를 받은 적이 있었습니다. 눈은 물론, 손의 촉각만으로도 시각을 알 수 있게 만들어진 거였습니다. 시각장애가 있는 사람들까지 생각해 제작된 것이었지요. 대하는 순간 디자인도 좋았지만 설계하고 제작한 사람들의 세심한 마음이 그려져 여느 시계에서는 감각할 수 없는 격이 느껴졌습니다.

물건을 고를 때 격쟁이들의 따짐은 별납니다. 새것, 유행하는 것, 고가, 저가같이 맵시나 값에 관심을 내기보다 진정 지금 내게 필요한지, 각별한 의미가 담겼는지, 오래오래 애정 할 수 있을지, 자신의 내면과 물건의 바탕을 꼼꼼히 들춥니다. 용품이 뿜어대는 유혹과 카드값 이상의 뭔가를 소중히 셈하는 꼿꼿함이 엿보이지요. 그렇게 얻어 수시로 닦고 뿌듯해하며 그 소중함과 어쩜 평생을 반려합니다.

그래서 격품을 고집하는 사람일수록 머무는 공간이 쾌적하고 자연에 지는 빚도 상대적으로 적습니다. 생각의 틀이 늘 당당하고 마음도 상쾌하지요. 내가 든 가방이 남의 것과 비교되는 순간에도 좀처럼 심랑(心浪)이 일지 않습니다. 값비싼 신상 하나 또 샀다고 누군가 뽐내도 "그래 잘 질렀다. 어울린다." 마음이 쌈박하고 평온합니다.

두 가지

생태해설은 육성입니다. 단순한 정보를 알려주는 안내보다 깊이 있고, 학교나 학원에서 행해지는 지식 전달보다 현장성이 탁월한 교육입니다. 자연의 신비한 속내를 알고 싶어도 복잡하게 덩어리져 이해하기 어렵거나, 혼자서는 접근하기 힘들 때 살짝 튕겨 줌으로써 참여자의 통찰을 돕습니다. 자연은 얼핏 보면 산은 산이고. 물이 물인 너무도 익숙한 시공간이지만 실상은 그 이상입니다. 생명의 쉼 없는 진화 신비, 초미세먼지를 흡입해 정화하는 나뭇잎 기공의 생리 시스템, 무리끼리 주고받는 페르몬(Pheromone) 신호의 비밀, 산불로 모든 게 사라진 순간 번성을 꾀하는 솔방울의 역발상, 호기심 품고 다가가면 최고의 교과서이자 완벽한 실험실입니다. 이 특별한 교실에서 진행되는 자연해설에 더도 말고 딱 두 가지 기대를 걸어 봅니다.

하나는, 좀처럼 꿈쩍 않는 호기심을 건드는 계기가 되길 바랍니다. 그럴듯한 전설, 옛날이야기, 꽃과 나무 이름 외우기 차원에서 더 나아가 놀라운 발견과 창조의 문을 스스로 노크하고 결국 열어젖히는 위대한 첫걸음을 뗄 수 있도록, 생태과학에 기초해 알밤 한 대 때릴 수 있으면 좋겠습니다.

또 하나는, 지구환경을 지키면 좋은 일이고 그럭저럭 해도 그만이라는 한가함에서 벗어나 더 이상 자연에 빚지며 살지 않겠다는 다부진 변심, 그 시작도 지금이라는 긴박함을 절감하고 실천을 다짐하는 시간이 되었으면 좋겠습니다.

고산구슬붕이, 5월

초록정글

　버거울 겁니다, 폭염 내리쬐는 삼복이든 고추바람 매서운 겨울이든, 집집이 토해 낸 생활의 부스러기들을 치우고 정리하느라 말이지요. 해진 소파, 쓸 만한 선풍기라도 덩그러니 내어져 있을 땐 뭐라 말도 못하고 섭섭한 마음으로 구석구석 비질만 합니다. 눈이라도 펑펑 쏟아지는 날엔 새벽부터 홀로 치우는 버거움과 고독감에 가끔 서글프지요. 아파트 단지 내 경비아저씨의 일상입니다. 대다수가 경비아저씨라 부르지만 하시는 일을 꼽고 나이대를 생각하면 생활도우미라 칭하는 게 그럴듯합니다.

　아름다운 시간은 늘 짧습니다. 주차장, 화단, 편의점 오가는 길, 심지어 엘리베이터 바닥까지 계수나무, 때죽, 화살…… . 빛깔 고운 잎들이 쏘다니고 쌓이는 가을의 끝자락입니다. 아저씨의 비질도 한층 바빠집니다. 누구나 좋아할 만한 조경수, 화려한 꽃나무 밑동에서 봄, 여름내 비질을 견뎠던 제비꽃, 맥문동, 이름 없는 사초들이 뒹구는 낙엽, 꽁초와 함께 혹독한 비질을 또 맞습니다. 몸짱 나무 아래 난쟁이 풀들은 그런 부단함에 꺾이고 뽑힙니다. 맨땅이 되지요. 풀밭이 사라진 황무지, 세찬 바람이 지나는 날엔 먼지가 피고 '개똥금지', '층간소음 금지' 글귀가 선

명한 현수막들만이 간간이 펄럭입니다.

키 크고 값비싼 나무, 화려한 꽃그늘 아래 하찮게 여겨지는 존재들이지만 시절인연에 따라 싹트고 무성하면 좋겠습니다. 그저 그런 현수막이 아니라 고운 빛깔 틔우는 그들을 쭈그리고 바라보며 계절을 감각할 수 있으면 좋겠습니다. 비질하시는 생활도 우미의 고단함도 덜어 드릴 겸 말이지요.

화사한 봄입니다. 베란다 창밖에 허공 헤매는 뭇새를 위해 작은 목조주택 하나 달고, 하늘 나는 풀씨를 위해 사각 화분도 세개 걸었습니다. 볕 좋은 날 빼꼼히 문을 젖히니 식구들 몰래 둥지가 생겼고, 노트북 크기 화분들엔 설악의 언저리마냥 초록정글이 싱그럽습니다.

술패랭이, 7월

먼지

설렙니다. 낯선 외국의 고풍스런 거리를 거닐기 위해 여행일 정을 짜고, 배낭을 꾸리면서 말입니다. 건물은 건물대로, 광고판은 광고판대로 생김과 빛깔이 고스란함에도 전체에서 풍기는 멋과 맛이 한 결로 단정하고 산뜻합니다. '나만 바라봐!' 혼자 튀지 않고, 덕지덕지 붙지도 않아 거닐면서 느껴지는 풍경이 깔끔합니다. 이런 곳에서의 한때는 특별한 인식표가 붙어 다시 찾고 싶은 기억으로 오래도록 남을 것 같습니다.

우리 거리의 풍경은 어지럽습니다. 한 무리가 진탕 흥청거린 뒷자리같이 말이지요. 건물과 담벼락은 말할 것 없고, 시선이 잠시 머물 만한 허공마다 강렬한 원색의 상업 간판들과 현수막들이 여지없이 차지해 눈을 찌르고 꼬집습니다. 햇볕과 바람을 들이고자 낸 창마저 색색의 광고 비닐로 틀어 막혔습니다. 비닐과 잉크의 독이 시간과 바람을 숙주로 먼지가 돼 사방 떠돌며 창틈을 비집고, 길거리 음식에 들러붙습니다.

길바닥 사정도 딱합니다. 바닥을 광고로 도배하는 것도 모자라, 누군가 배회하며 뿌려댄 울긋불긋 광고지들이 철 지난 밭에

검정, 흰색 비닐조각 펄럭거리듯 너저분합니다. 각양각색의 건물과 광고물들은 나름의 모양, 빛깔로 모여 거리의 풍경을 이루고 그 길을 오가는 사람들이 반복적으로 감각하면서 모두의 마음 바탕, 성품이 되는데 말입니다.

그렇게 피어난 독하고 미적지근한 가루가 벌써 태백의 고봉까지 날았습니다. 생명이 깃들어 있든, 없든 존재하는 모든 것들을 옥죕니다. 측백나무, 구상나무가 벌겋게 떼로 죽고, 소복한 눈 한 움큼 삼키는 낭만은 이미 금기가 되었습니다. 하늘과 땅을 잇는 직벽, 토왕폭의 얼음도 물러 한겨울 빙벽을 오르는 초집중의 전율도 더는 체험할 수 없습니다.

동자, 7월

이름

명칭은 묘한 힘을 지닙니다. 말과 글을 통해 주고받는 서로의 생각과 마음에 적지 않은 영향을 끼칩니다. 쉼 없이 이어지는 발걸음으로 산길이 파이고 주변 나무뿌리도 끔찍이 드러나 원상을 회복하고, 지나는 사람의 안전을 높이려는 절박한 의도에서 누군가 '등산로 정비'라 쓰고 이야기하며 사업을 시작합니다. 그런데 공사가 끝날 무렵, 당초 자신이 염두에 둔 그림과는 달리 지나치게 평탄하고 다듬어져 난감한 모양의 길이 번듯합니다. 촌집 대들보, 서까래가 멋스럽고 좋아 고쳐 살려 했는데 콘크리트 뼈대로 리모델링된 낭패가 됐습니다. 출발부터 '정비'라 쓰고, 말했으니 사업에 관계하는 설계자도, 시공자도 '정비'라는 일반적 틀에 생각이 꽂혀 예견된 결과입니다.

입장료(入場料)라는 이름도 그렇습니다. 입장권이라 새겨진 표를 사는 순간, 내가 낸 돈만큼 합당한 서비스 받을 특권을 얻었다는 생각이 듭니다. 지불한 만큼 은근 나는 갑, 너는 을이 되는 거지요. 그런데 입장료를 보전료(保全料)라 적고 말하면 어떤 힘이 생길까요. 내가 낸 돈이 무언가를 보호하는 데 쓰일 거라는 착한 짐작이 듭니다. 그곳에 들면 뭔가에 해가 되지 않도록 행동거지를 차분히 해야겠다는 생각도 스치지요. 좋은 일에 보 탠다는 좋은 기분입니다. 똑같은 금액을 내고 증표로 영수증 한 장 받았을 뿐인데 종잇조각에 쓰인 글귀가 무엇이냐에 따라 관 계하는 사람들의 생각과 마음을 사뭇 다르게 자극합니다. 차별 된 힘을 건드리고 공감의 빛깔도 나름의 파동으로 퍼집니다.

갈등은 조화다

갈등은 대립하는 두 개체가 맞서며 맺어가는 관계를 그렸습니다. 글을 대하는 순간 끝없이 다투고 시비하는 티격태격, 그 끔찍한 상황에 결코 휘말리지 않겠다는 의식이 짙어집니다. 그런데 곰곰이 따져 보면 우후죽순 시시로 솟는 갈등을 고집스레 외면할 수만은 없습니다. 어쩜 우리 일상이 통합의 시간보다 갈등의 순간들과 더 자주 맞닥뜨리도록 운명되었을지도 모를 일이기 때문입니다. 그러니 그 답답함, 버거움을 슬기롭게 극복해 가며 이해의 폭을 넓히려는 마음 다짐이 현명하지요. 그런 시도를 부단하게 이어 감으로써 우리는 때때로 수긍하고 완전한 별개에서 점차 어우러집니다.

반면, 야생의 시공간엔 갈등이 없습니다. 머루 덩굴이 뿌리치는 함박꽃나무를 휘감고, 쏜살같은 계곡수와 칼바람이 천년 세월 저답게 폼 잡은 바위를 갈고, 어린 칡넝쿨이 훤칠한 소나무를 우악스레 옥쥡니다. 우리들이 지닌 인식의 틀에는 모두 모진 갈등으로 투영되겠지만 실상은 다 억척스런 공진화, 어우러짐이고 아름다움입니다. 조화지요.

하루는 소장님께서 찾으셨습니다. "소나무에 담쟁이들이 엄청 기어오른다." 하시면서 제거했으면 좋겠다는 취지로 말씀하셨지요. 인도에 수북한 눈덩이를 걷어내는 일이라면 버거워도 쌈박한 마음으로 헤아려 수명할 텐데……. 마음 바탕에 심랑이 일었지만, 자연공원다운 일이 아니라는 생각에 결국 은근슬쩍 넘겼습니다. 소장님 죄송했습니다.

KM-53

KM-53은 한겨울에 태어났습니다. 어미는 CF-37, 아비는 CM-39입니다. KM-53, 어째 영문, 특수문자, 숫자들로 조합돼 컴퓨터 비밀번호이거나 천문학에서 쓰는 별 이름 같지만, Korea에서 태어난 수컷으로 순번 53번째 개체라는 반달가슴곰의 이름입니다. 그러니까 이 녀석의 어미, 아비는 중국에서 들여온 곰으로 연번이 각각 37, 39번째 개체인 거지요. 그냥 '곰돌이', '곰순이'라 불러도 될 것을 굳이 이런 식으로 칭하는 이유는, 호칭에서 묻어나는 감정조차 배제해 야생의 민감성을 온전히 보호하려는 궁리입니다.

지금 우리의 자연공원은 생태적으로 큰 구멍이 뚫려 다양성을 말하기 궁색합니다. 나라를 잃었을 때 벌어진 트로피 사냥, 이어진 전쟁으로 인한 불구덩이 속에서 맹수라는 짐승들이 모조리 사라져 그렇습니다. 최상위 포식자들의 포효와 은밀한 움직임이 사라진 숲은 방문객들에게 그만큼 안전한 곳이 되었지만 야생 생태계의 원시성, 건강성은 초라합니다. 이러한 탄식으로부터 반달가슴곰을 복원하려는 시도가 지리산 일대 산하에서 진행되고 있습니다. 러시아에서 들여온 암수 여섯 개체를 시작으로 유

전적 안정성이 확보되는 개체 수까지 점진적으로 늘리려는 지난한 야생복원 프로젝트입니다.

그런데 녀석들 가운데 KM-53은 유별납니다. 개척정신이 투철한 건지 아니면, 에덴동산에서 흘러온 암내를 촉한 건지, 두 번이나 제 터를 뛰쳐나가 산 넘고 고속도로 건너 수십 킬로미터나 떨어진 낯선 곳으로 탈주를 감행했으니까요. 그때마다 잡혀 복원사업지에 다시 놓아졌지만 세 번째 탈출을 감행, 결국 질주하던 버스에 치이고 말았습니다. 하지만 녀석은 호기심과 용기 못지않게 운도 따릅니다. 복합골절의 중상을 입고도 집중적 수술과 치료로 살아나 건강을 회복했으니까요. 삼세번 고집이면 저주는 게 인지상정, 이번엔 녀석의 확고한 의지를 존중해 원하는 곳에 풀어 줬습니다.

KM-53의 맹랑한 탈주 사건은 사람과 녀석의 안전을 걱정한 프로젝트 관계자들을 당혹스럽게 했지만 한편으론, 우리 모두에게 설렘과 기대를 키워 주었습니다. 현지 적응과정에 심각한 문제가 드러나지 않는다면 설악, 오대, 태백산국립공원 등 금수산맥 곳곳으로 서식지를 넓힐 수 있겠다는 통쾌한 희망의 창을 보여 준 거니까요. 그리 멀지 않은 미래, 곰들이 제 뜻대로 어슬렁거리고 생명의 풍요가 넘실거릴 금수산천을 그려 봅니다.

말나리, 7월

주저를 넘어

멀고 높은 숲속에 오래 전 자리한 산장, 지독한 추위와 눈구덩이 속에서 난방과 식사를 어찌 해결했을까. 마른 토끼똥, 산양똥은 아닐 것이고 지천인 나무들이 열량 높은 에너지였습니다. 제역할을 다하고 눕거나 선 나무들이 사부작 사려져 어느새 인근이 민둥민둥합니다. 휑한 현실을 극복하기 위해 값비싸다는 문제를 심각히 인식하면서도 대안으로 경유를 날라다 땝니다. 헬기로 말이지요. 어림잡아 수십 년 동안 석유는 그렇게 산장의 연료로 굳었습니다. 그런데 문제는 돈뿐 아니라 또 있었지요. 바로 훼방과 오염입니다. 발전기를 밤낮 돌려 기름을 태울수록 소음과 역한 냄새가 진동해 쉼을 찾아 길가는 산객들의 귀와 코를 자극하고, 야생에게도 한없는 미움입니다. 게다가 분진과 누유로 주변 자연이 야금야금 더럽혀지지요.

이쯤 되니 비난이 일고 드세져 대체 연료를 탐색합니다. 현지의 바람이나 태양빛으로는 지금의 기술상 에너지 밀도를 충분히 얻을 수 없어 도시 언저리에서 산장까지 수 킬로미터 케이블을 깔아 전기를 공급하려는 대안입니다. 고운 땅을 파재끼고 덮는 방법은 돌이킬 수 없는 훼손이기에 땅 위에 전선을 살며시 놓고 천연마대나 낙엽 같은 자연소재로 덮으려는 계획이지요. 더 좋은 기술이 개발될 미래 언제쯤엔 생채기를 남기지 않고 감쪽같이 거둘 수 있어야 하니까요. 웬만한 산짐승이 물어뜯고 바윗돌이 짓눌러도 끄떡없는 강도이고, 사십 년은 족히 내구성이 보장되는 데다 삼 년 치 경유 구입, 운반비면 설치 가능한 선택입니다. 다만 한 가지, 전기적 자기장이 야생을 찝쩍거리는 정도에 관해서는 꿰뚫지 못했습니다.

낯선 방식을 이야기하니 역시나 한 편에서 시비가 일렁입니다. 그럴수록 소임을 맡은 자는 주저하게 되지요. 꼼꼼히 비교하고 따져 용기 내 추진하려 하지만 새 사업 한답시고 괜스레 논란의 중심에 서 시비에 헐뜯기는 곤혹을 자초하는 것은 아닌지.

진보는 지금의 문제들과는 또 다른 시끄러움, 색깔, 정도를 지닌 새로운 문제들과 직면하는 과정입니다. 최고나 완벽한 결말이 아니지요. 그래서 논란이라는 부작용이 늘 따릅니다. 그렇다고 논란을 핑계하며 소임자가 언제까지나 주저만 한다면 그 어떤 순한 변화나 개선은 요원할 겁니다. 그로 인해 누군가는 보다나은 현재를 결코 누리지 못할 것이고요. 하니 충분히 숙고하고 설명 책임을 이행했다면 얼마간 흠결이 읽혀져도 소임자는 용기를 내고 결단해야겠습니다. 그런 만큼 관찰과 평가에도 진실된 힘을 쏟아야 하구요.

넉넉한 자연, 쪼잔한 레인저

파크 레인저

거기 당신은 회사원이고, 학생이시죠. 가끔은 열일 재낀 채 어디론가 홀쩍 잠적도 계획하시고요. 여기 우리는 파크 레인저입니다. 자연에 무례한 손님들을 향해 완장차고 호통하는 단속반원이 아니라, 당신에게 야생이 낯설고 위험한 만큼 당황하지 않게 곁에서 돕는 안내자입니다. 당신들 중 누군가 자연에 관한 호기심을 쭈뼛이 드러낸다면 스스로 풀어낼 수 있도록 살짝 튕겨 주는 교육자지요.

어쩌다 당신이 위험에 처할 땐 날쌔고 강한 파워 레인저로 순간 변신하지만, 이유 없이 야생을 해코지하거나 폭행할 땐 법리를 따져 쓴소리하는 자연의 대변인입니다.

야생의 생김과 성깔에 관한 깊은 이해를 바탕으로 당신이 그 매력에 흠뻑 취할 수 있게 최적의 탐방시설을 궁리하고 이어 주는 디자이너입니다.

자연의 건강에 이상은 없는지 평소 꼼꼼히 관찰, 평가하고 자연을 향한 세간의 사랑과 무지가 엇갈려 실랑이 일면 축적된 지식과 경험을 바탕으로 중재하고 설득해 내는 과학자들입니다.

함박, 6월

그날

거처를 옮겼습니다. 서울에 위치하던 본사가 지방의 한 소도시 외곽으로 이전해 바늘에 실 가듯 뒤따랐습니다. 번잡한 대도시 한복판에서 차로 두 시간쯤 떨어진 새 터, 산뜻한 혁신촌입니다. 이곳엔 지하철이 없어 핸드폰 바탕화면에 깔았던 전철 실시간앱을 지웠습니다. 핸드폰엔 빈 공간, 마음엔 여유가 늘었습니다. 빼곡한 사람들만큼이나 미어터지고 먼지 가득한 지옥철을 십수 년 이용한 단골에게 베푸는 감사 이벤트일까요. 아니면, 전생에 나라나 지구별을 위해 뭐 한 가지 그럭저럭 잘한 게 있어 받는 상일까요. 하루 새 출근길이 산책길입니다. 잠이 덜 깬 채 시계바늘에 쫓겨 뜀박질할 아침도, 어쩌다 지각에 따른 뻔한 핑계를 궁리할 난감도 더는 없을 듯합니다.

저만치 첩첩산중에서 발원한 고만한 물길이 거처 앞을 흐르고, 맑은 도랑을 사이로 두 갈래 오솔길이 이어집니다. 그러다 부들이 살랑대고 해오라기가 웅크리는 연못의 넓이만큼 벌어지고 이내 다시 사무실이 있는 아랫동네로 나란히 멀어집니다. 어느 쪽을 택하든 십오 분쯤이면 회사 문턱에 닿을 수 있습니다. 아침엔 비상, 저녁엔 파김치 같던 십수 년 출퇴근길이 소풍길로 바뀐 현실, 짜릿합니다.

나뭇가지에 앉은 밀잠자리에 손을 뻗기도 하고, 못을 쏘다니는 피라미 떼를 기웃거리기도 합니다. 끔찍함, 헛함을 쉼 없이 내뿜는 TV 리모컨은 서랍에 넣고 라디오를 트는 저녁이 늘었습니다. 장보기, 밥 짓기, 빨래도 직접 해 보니 그 준비와 뒤처리의 수고가 고스란히 느껴집니다. 역지사지는 틀린 말입니다. 공감을 얻으려는 간절함에서 누군가 지어낸 억지 말이지요. 손수 해 보지 않고 입장을 뒤바꿔 상대를 이해한다는 것은 카드마술 같은 속임수, 거짓입니다. 역지험지(易地驗之)가 맞습니다. 직접 겪어봐야 "있잖아, 그때⋯⋯." 상대의 처지가 수긍됩니다. 체험하지 않고 투덜댔던 지난 소소한 사건들이 하나둘 들춰져 다시 마음 재판이 열리고 열에 아홉 내 탓으로 판결이 뒤바뀝니다. 지나간 시비와 고집의 진상이 또렷해집니다.

오솔길을 되돌아 혼자 앉은 저녁, 라디오 음악에 개구리 소리가 흐릿하게 섞여 들립니다. 볼륨을 줄이고 창을 여니 저만치 못 쪽입니다. 한라봉 꼭지마냥 못에 붙은 습지, 그곳이 소리샘입니다. 마음과 생각 속에 그날이 그려집니다. 낯선 시외버스터미널에 홀로 내렸던 날, 눈밭 위 텐트 안에서 함께 라면 먹던 별밤, 그 말끔한 산들의 풍경과 정겨운 벗들의 얼굴이 함박꽃처럼 피어납니다.

넉넉한 자연,

쪼잔한 레인저

ⓒ 김철수, 2023

초판 1쇄 발행 2023년 5월 21일

지은이   김철수
펴낸이   이기봉
편집   좋은땅 편집팀
펴낸곳   도서출판 좋은땅
주소   서울특별시 마포구 양화로12길 26 지월드빌딩 (서교동 395-7)
전화   02)374-8616~7
팩스   02)374-8614
이메일   gworldbook@naver.com
홈페이지   www.g-world.co.kr

ISBN   979-11-388-1926-8 (03810)